CW01083093

ÉDEN 4

Outras obras do autor:

Memórias de um diabo de garrafa
Inca – a saga da América pré-colombiana

ALEXANDRE RAPOSO

ÉDEN 4

E OUTRAS HISTÓRIAS FANTÁSTICAS

EDITORA RECORD
RIO DE JANEIRO • SÃO PAULO
2001

CIP-Brasil. Catalogação-na-fonte
Sindicato Nacional dos Editores de Livros, RJ.

Raposo, Alexandre
R167e Éden 4 / Alexandre Raposo. – Rio de Janeiro: Record,
2001.

ISBN 85-01-05655-3

1. Conto brasileiro. I. Título.

01-0476 CDD – 869.93
CDU – 869.0(81)-3

Rua Argentina 171 – Rio de Janeiro, RJ – 20921-380 – Tel.: 585-2000

Impresso no Brasil

ISBN 85-01-05655-3

PEDIDOS PELO REEMBOLSO POSTAL
Caixa Postal 23.052
Rio de Janeiro, RJ – 20922-970

SUMÁRIO

RITO DE PASSAGEM

O casal caminhava de mãos dadas em meio aos escombros da cidade morta. Ambos não teriam mais que quinze anos de idade. Ao seu redor, a noite ardia em chamas e o oscilar das labaredas projetava sombras fantasmagóricas por entre os prédios em ruínas.

— Parece um cenário de ópera — disse ela.

— Ópera sórdida — acrescentou o rapaz.

— Desta vez erraram longe. A fábrica fica a mais de dez quilômetros daqui.

Obviamente não eram parentes. Ela era loura e ele tinha cabelos negros e encaracolados que lhe caíam em cachos por sobre as orelhas.

— A ponte!... — lamentou-se o rapaz, ao dar com as vigas retorcidas e ainda fumegantes que despontavam em meio à torrente. — Agora, não temos como fugir.

— De qualquer forma, não iríamos muito longe com esse frio.

O rapaz estancou e convidou a companheira a sentar-se ao abrigo da carcaça de um avião abatido. Em seguida, olhou em volta, perscrutando as ruínas, e, depois, para o céu escuro, repleto de fumaça e medo, vez por outra iluminado pelos holofotes das baterias antiaéreas.

— Esperam por uma segunda leva — afirmou, sombrio.

— Talvez acertem a fábrica dessa vez — disse ela.

— Pouco provável. Quando erram, persistem no erro. O ataque vai se repetir aqui, não duvide.

— De qualquer modo, ainda temos algum tempo.

Ela voltou-se, sorriu um sorriso antigo e perguntou:

— Qual é o seu nome... agora?

— Hans. E o seu?

— Cristina. Como no *Lusitania*, lembra-se?

— Como poderia esquecer?

— Prefiro lembrar de você como Zeno — acrescentou ela, a mente perdida no passado remoto. — Como em Biblos...

— Inesquecível Biblos!

— Trocamos um beijo!

As baterias antiaéreas voltaram a pipocar.

— Não é curioso o fato de somente nos encontrarmos em situações como essa? — perguntou o rapaz.

— Curioso, para mim, é o fato de nos lembrarmos de tudo isso...

— Você ainda se recorda da primeira vez, em Krung Thep? — perguntou ele.

— A primeira vez não foi em Krung Thep. Foi em Thera. E você era a mulher, então.

O rapaz acariciou o rosto da companheira e disse:

— Por que isso sempre acontece conosco? Por que nunca temos tempo de nos conhecermos melhor?

Ela nada respondeu.

— Teremos cometido algum grande pecado? Pagamos por isso?

Ouviu-se ao longe o troar das primeiras bombas.

— Creio que não — disse ela. — Não que eu me lembre. E mesmo que o tivéssemos cometido... não há deus assim tão cruel.

— Então... — murmurou o rapaz — por que...

Uma explosão mais próxima não o deixou terminar a frase. Mas a companheira não se intimidou.

— Em outros tempos, em outras eras, quando não houver mais guerras...

E, antes que o lugar onde estavam fosse completamente devastado por uma bomba de quinhentos quilos, ela concluiu:

— ...Aí então poderá florescer na Terra um amor assim.

A CAIXA DE PANDORA

— Tudo começou há muitos e muitos milhares de anos, num sistema planetário muito longe daqui — disse eu assim que cheguei. — Naquele tempo, e por incrível que pareça, ainda não pensávamos seriamente em astronáutica. Nossos assuntos no espaço resumiam-se à instalação e à manutenção de satélites artificiais, à permanente monitoração de cometas e asteróides em possíveis órbitas de colisão com o nosso mundo, e outras miudezas que agora não vêm ao caso.

"Não tínhamos do que nos queixar. O planeta era muito bom, obrigado, e a idéia de deixá-lo para ingressar nas gélidas, hostis e intermináveis profundezas do cosmo parecia-nos completamente absurda.

Os funcionários que me haviam conduzido até o aquário deixaram o recinto silenciosamente.

— Não vou entediá-lo com a descrição de como a natureza foi pródiga em nosso mundo de origem e nem de quão rapidamente evoluímos de meras criaturas unicelulares até organismos racionais. Vamos pular também os cento e oitenta e cinco mil tediosos anos de "civilização" — por favor, entenda: "amor, paz e evolução, em perfeita harmonia com o semelhante e com o meio ambiente" — que vivemos em nosso planeta de origem. Não é o tipo de conversa que agrade criaturas de sangue quente como você.

"Vivíamos, então, nossos tempos de isolamento e inocência, não obstante tivéssemos absoluta certeza de que não estávamos a sós no vasto cosmo... o que sempre nos pareceu um enorme inconveniente. Por sorte, embora estivéssemos tão próximos do centro galáctico, onde é grande a promiscuidade interplanetária, nosso sistema de origem ficava numa zona morta do tráfego das grandes naves de cruzeiro e sequer constava das cartas de navegação. Desta forma, em perfeita reclusão, íamos vivendo em paz as nossas vidas virtuosas.

"Tão próximos estávamos do centro da galáxia, e quis o acaso que fôssemos vítimas de algo vindo de tão longe. Tivesse o objeto a mais sutil semelhança com o lixo espacial ao qual estávamos habituados, e teria sido desintegrado sem delongas. Naquela época, todo fragmento de matéria com mais de quinhentos quilos de massa que ousasse penetrar no campo gravitacional de nosso planeta era imediatamente detectado, analisado e, na imensa maioria das vezes, pulverizado por um eficiente sistema de prevenção contra aerólitos, cometas e outros detritos espaciais.

"Certamente aquela não era a primeira vez que interceptávamos um objeto construído por uma civilização alienígena. Nos primórdios, esses objetos eram alvo de estudos meticulosos e ocupavam lugar de destaque em nossos museus. Logo, porém, com o aperfeiçoamento da rede, descobrimos que o espaço ao nosso redor era uma imensa lixeira onde vagava todo tipo de detrito, boa parte manufaturada por inteligências alienígenas, de modo que deixamos de colecioná-los.

A criatura manifestou-se pela primeira vez. Ouviu-se um ruído insólito, e grandes borbulhas afloraram à superfície do aquário.

— O que chamou a atenção de nossos cientistas foi justamente o aspecto incomum do objeto detectado e a velocidade com que se deslocava no espaço. Cálculos preliminares deduziram que vinha de muito longe, possivelmente da extremidade de um dos braços da espiral, embora também não estivesse descartada a hipótese de ser um visitante de outra galáxia.

"Uma sonda foi construída às pressas e lançada ao espaço apenas para interceptar, desacelerar e pôr o objeto misterioso em órbita de nosso sol. Assim foi feito, e setenta e cinco anos depois, quando o objeto voltou a se aproximar de nosso mundo, outra sonda foi enviada para trazê-lo ao solo.

"A princípio, pensamos tratar-se do fragmento de alguma estrutura maior. Logo, porém, verificamos que aquele objeto fora construído e lançado ao espaço praticamente como o encontráramos. Media menos de dez metros de uma extremidade a outra, pesava cerca de oitocentos quilos e estava muito maltratado pela poeira, raios cósmicos e micrometeoritos, o que corroborava a idéia de que vagava pelo espaço sideral havia muito, muito tempo.

"O aspecto geral era tosco, primitivo... e tremendamente exótico. *Grosso modo*, poderíamos descrevê-lo como um prato metálico com quase quatro metros de diâmetro, do qual despontavam algumas antenas, e duas frágeis estruturas, igualmente metálicas, que sustentavam curiosos dispositivos, todos já fora de operação àquela altura da viagem. Ao desmontá-lo, descobrimos sessenta e cinco mil itens diferentes num total de cinco milhões de peças que formavam todo o conjunto.

"Demorou muito tempo até termos alguma idéia do que era aquilo e ainda mais para descobrirmos por que o objeto fora lançado ao espaço. O desafio era grande, nossos cientistas trabalhavam em frentes distintas, e as respostas surgiam pouco a pouco.

"Ao que tudo indicava, o objeto era uma sonda robotizada, criada por alguma inteligência alienígena primitiva para investigar o sistema planetário onde vivia. Sobre uma das frágeis estruturas metálicas que despontavam do prato central — que acabou se revelando uma antena, através da qual a sonda se comunicava com o seu planeta de origem — descobrimos câmaras, espectrômetros, fotômetros e detectores de plasma, de raios cósmicos e de partículas subatômicas. Eram dispositivos tremendamente rudimentares, evidentemente criados por uma cultura que ainda não tinha completo domínio sobre a matéria e que sabia muito pouco sobre magnetismo, gravitação e sobre o próprio espectro eletromagnético. Toscos que fossem, porém, esses aparelhos revelaram-se surpreendentemente precisos e confiáveis quando replicados em laboratório.

"Não se podia dizer o mesmo, porém, dos computadores da sonda. E, a não ser que tenham sido freqüentemente reprogramados através de sinais de rádio, é pouco provável que tenham servido para alguma coisa. Por incrível que pareça, nenhum dos seis computadores a bordo tinha mais que quatro *kbytes* de memória.

Aproximei-me do parapeito. A criatura mirou-me com um par de olhos assustados e recuou pesadamente até o outro lado do aquário.

— Tecnologicamente frustrante, a descoberta só ganhou importância científica e o interesse da opinião pública quando a equipe de criptógrafos encarregada de decifrar os sinais encontrados no objeto descobriu que o disco de ouro que a sonda trazia acoplado à sua lateral era, em realidade, uma cápsula do tempo, um registro visual e sonoro do planeta de origem de seus criadores.

"O disco não armazenava grandes blocos de informação. Mas as cento e quinze imagens, a breve coletânea de sons e os noventa minutos de música ali gravados fizeram toda a diferença.

"Foi como uma febre. Nos apaixonamos pela cultura alienígena. Tão primitiva e, no entanto, tão criativa, tão espirituosa, tão genial! O que não tinham em técnica e conhecimento científico compensavam com apuradíssima sensibilidade estética. Daquele momento em diante, nunca mais a nossa arte seria a mesma.

"O *Concerto de Brandemburgo no. 2 em fá maior*, de Bach, a canção de iniciação das meninas pigméias no Zaire e a melodia búlgara *Izlel je Delyo Hagdutin*, cantada por Valya Balkanska, fizeram época e lançaram moda em nosso planeta. Já *El Cascabel*, por Lorenzo Barcelata y los Mariachi, e *Johnny B. Good*, de Chuck Berry, são até hoje considerados grandes clássicos da música universal.

"Encantava-nos, também, o modo de vida dos terráqueos, o pouco que pudemos ver de suas cidades, de sua indumentária e de seus costumes, tão exóticos e originais. Também nos admirávamos da determinação daquelas criaturas, as quais, como dizia a mensagem gravada no disco, ousavam sair de seu sistema solar e ingressar nas profundezas do espaço cósmico, buscando apenas paz e amizade, ensinando onde fosse possível, e aprendendo, se fossem afortunados. Pouco a pouco, a lenda do 'Bom Terrestre' consolidava-se entre os nossos pares.

"Contudo, enquanto o resto do planeta celebrava a cultura de nossos alienígenas favoritos, os cientistas continuavam as pesquisas, que ainda estavam longe de poderem ser dadas por encerradas. Entre muitos pontos obscuros, havia uma questão crucial que até então não ficara bem explicada: qual a fonte de energia utilizada pela sonda?

A criatura continuava visivelmente desagradada com a minha presença, de modo que recolhi os tentáculos mais proeminentes e fechei-me em uma forma esférica e transparente, quase imperceptível para os seus olhos.

— Sabíamos que a fonte geradora localizava-se na extremidade de uma das estruturas de metal que emergiam do objeto, em um cilindro fortemente blindado, dividido em três compartimentos, no interior dos quais encontramos um pó acinzentado e inerte que, à primeira vista, nada explicava. A análise deste pó, entretanto, viria a determinar uma outra revolução no modo como entendíamos o universo; e nossa função dentro dele.

"O pó era resíduo de um metal tremendamente radioativo, o plutônio, substância inexistente na natureza a não ser em quantidades infinitesimais. Nunca fora registrada em nosso mundo, mas já fora detectada em meteoritos e asteróides. Durante o processo de decadência radioativa, esta substância emite partículas alfa. No gerador da sonda, essas partículas eram usadas para produzir calor, o qual, por sua vez, era transformado em eletricidade.

"A única forma de obter grandes quantidades de plutônio seria usando um outro mineral extremamente raro e também extremamente radioativo, o urânio. Para transformar o urânio em plutônio, era preciso bombardeá-lo com nêutrons, no interior de um reator nuclear. E daí por diante.

"Hoje falamos dessas coisas com muita naturalidade, mas na época só conhecíamos a energia nuclear em escala cósmica, como resultado da fusão do hidrogênio no interior das estrelas. Jamais havia ocorrido aos nossos cientistas a idéia idiota de tentar reproduzir o fenômeno de maneira controlada, mesmo porque já sabíamos de antemão os danos que a radiação poderia causar a organismos de criaturas de base carbono como nós.

"Além disso, trabalhar com aqueles metais era perigoso não apenas pelo risco de contaminação radiológica. Indevidamente manuseados, acumulados em grande quantidade, tanto o urânio quanto o plutônio podiam produzir explosões inacreditavelmente poderosas.

"O tipo de plutônio usado pela sonda interplanetária, o Pu-238, que tinha uma meia-vida de apenas oitenta e oito anos, já não era mais radioativo. Mas, à medida que estudávamos o assunto, descobríamos que outros isótopos do mesmo elemento tinham meias-vidas muito mais longas, como o Pu-244, com uma meia-vida de oitenta milhões de anos.

"A radioatividade, o risco de explosão iminente, nada autorizava a utilização daquele material no que quer que fosse. Entretanto, foi a fonte de energia escolhida pelos criadores da sonda.

A criatura expeliu a água que lhe entrara pelo espiráculo e pôs-se a respirar à superfície, atenta à esfera falante que pairava à beira do aquário.

— Havia quem alegasse que uma cultura tecnologicamente tão primitiva não poderia inventar nada mais eficiente do que aquilo para alimentar uma sonda de espaço profundo. Outros alegavam que o uso controlado de uma substância tão perigosa era prova do critério, da pertinácia investigativa e da inventividade dos povos da Terra. Ainda outros, menos sérios, chegaram a sugerir a teoria que os terráqueos eram imunes à radiação atômica, tese definitivamente derrubada quando estudamos uma estrutura do DNA humano — rudimentar, cheia de lacunas, mas inquestionável do ponto de vista documental — que viera incluída entre as imagens do disco.

"A um custo astronômico, construímos um supercomputador, com muitos trilhões de *exabytes* de memória, cuja única missão era reconstituir retroativamente a trajetória de uma cultura capaz de criar algo tão esdrúxulo e tão perigoso quanto um gerador radioisotópico de termoeletricidade.

"Os resultados foram alarmantes. Fossem quais fossem as variáveis sugeridas pelos programadores, a resposta era sempre a mesma: nenhuma espécie poderia chegar a desenvolver uma fonte de energia como aquela, não fosse através de muitos milênios ininterruptos de 'guerra'.

"Sim. A palavra teve que ser inventada. Não existia em nosso vocabulário antes desses eventos. O conceito também não constava de nenhuma das cinqüenta e cinco mensagens em cinqüenta e cinco idiomas diferentes, bem como não surgia — ao menos aparentemente — em nenhuma das imagens e em nenhum dos sons incluídos no disco de ouro da sonda, o que nos levou a duvidar seriamente do resultado fornecido pelo computador.

"Entretanto, não importando como os dados fossem carregados ou quais fossem as variantes acrescentadas, a máquina chegava sempre à mesma conclusão.

"Com o passar do tempo, outras máquinas, ainda

maiores e mais poderosas, foram confrontadas com o mesmo problema e chegaram invariavelmente ao mesmo resultado. Não nos restava a menor dúvida: o homem descobrira a energia nuclear com o firme propósito de destruir o semelhante... e o resto do meio ambiente junto com ele. Afinal, bastavam dez quilos de Pu-249 para se fazer uma bomba capaz de destruir uma cidade. E, pelos nossos cálculos e medições, a produção de plutônio na Terra na época em que a sonda fora lançada já ultrapassava o limite das duas mil toneladas por ano.

"Aquele pequeno e aparentemente inocente gerador termoelétrico, capaz de gerar míseros quatrocentos e setenta watts durante um máximo de sessenta anos para uma sonda de pesquisa científica, era prova incontestável de que o homem era mau.

"A princípio houve alguma reação, mas nossos cientistas acabaram convencendo os mais renitentes. E, para comprovar definitivamente a má-fé dos criadores daquela sonda, usaram exemplos encontrados no próprio disco de ouro que a acompanhava. Por exemplo: um som que durante muito tempo fora interpretado como um fenômeno atmosférico acabou definitivamente identificado como o rugido da turbina de uma nave de guerra supersônica; um estudo meticuloso de uma fotografia da Grande Muralha da China confirmou o caráter militar da construção; já a imagem do lançamento de um foguete Titã-Centauro comprovou o que se imaginava havia muito: que a conquista do espaço era mero subproduto dos mais de dez mil anos ininterruptos de guerra aos quais se entregara a humanidade.

"Começamos a viver, então, o oposto do que ocorreu logo após a descoberta do disco de ouro. Naquela época, nosso temor era o de que os homens, que então deveriam estar muito mais evoluídos do que no tempo do lançamento da sonda, deixassem o seu mundo de origem e viessem espalhar violência, lixo e radiação em nosso canto do universo.

"Tínhamos, finalmente, um bom motivo para deixarmos o conforto de nosso planeta e nos aventurarmos nas imensidões do espaço cósmico. Exterminar o homem passou a ser o nosso objetivo definitivo como espécie.

"Seguindo as pistas gravadas no disco, não foi difícil identificar o ponto de origem da sonda. Como imagináramos logo de início, de fato vinha da extremidade de um dos braços da grande espiral da Via-Láctea, num lugar a cerca de quarenta mil anos-luz de onde estávamos, o que comprovava a tese de que a sonda viajava no espaço havia alguns bilhões de anos.

"Era muito provável que uma espécie belicosa como a humanidade já estivesse extinta passado tanto tempo. Mas não podíamos trabalhar com suposições num assunto sério como aquele.

"No tempo em que nos entregamos ao nosso ambicioso projeto espacial, inevitavelmente acabamos entrando em contato com outras civilizações do centro galáctico. Acabara-se a paz de nossos tempos de retiro, mas os contatos com esses alienígenas foram fundamentais para que pudéssemos queimar etapas e construir em prazo relativamente curto uma espaçonave capaz de vencer a enorme distância entre o nosso planeta e o Sol.

"Finalmente a viagem foi feita. Mas, em vez de uma estrela amarela de terceira grandeza cercada por nove planetas, o que encontramos foi uma anã branca cercada por quatro planetas gigantes e gasosos nos quais não descobrimos traço de vida. Evidentemente, antes de se transformar naquela estrelinha fria e mirrada, o Sol se expandira em uma gigante vermelha, engolindo os quatro planetas mais próximos a ele. A Terra era o terceiro desses planetas internos, e certamente fora consumida no furor da voragem.

"Teríamos respirado aliviados, dado meia-volta e retornado ao nosso planeta de origem, não tivéssemos nos dado conta do radiofarol, pulsando em órbita de um daqueles gigantes gasosos.

"Evidentemente muito antigo, mas ainda operacional, o dispositivo era uma peça muito mais sofisticada do que a sonda interplanetária que encontráramos, embora não restassem dúvidas de que fora construída pela mesma espécie. O radiofarol emitia pulsos regulares em diferentes freqüências em direção a um outro sistema planetário, a sessenta e cinco anos-luz de distância.

"Desta vez, chegamos a um sistema onde novamente não encontramos a humanidade, embora tenhamos tido provas cabais de que havia passado por ali. Um dos planetas, justamente aquele que teria melhores condições de reproduzir o clima terrestre e onde, inclusive, encontramos vestígios de uma fauna e de uma flora nativas, era então um imenso deserto. O que exatamente ocorrera ali nunca soubemos ao certo, da mesma forma que nunca conseguimos saber o que ocorrera em cada um dos muitos mundos desolados que visitamos após a partida dos seres humanos. Mas o plutônio e outros poluentes ainda mais tóxicos sempre estiveram bem presentes e ativos.

"Seguimos a humanidade galáxia afora, e tudo o que encontramos foi desolação e morte. Os sobreviventes, quando havia, davam conta da sanha destruidora de seus algozes. E, quanto mais perseguíamos o homem, quanto mais nos dávamos conta de sua vileza, mais nos certificávamos do acerto de nossa decisão de erradicá-lo completamente do universo.

"Em dado momento da busca, porém, perdemos o fio da meada. Numa remota esquina da galáxia, num planeta ao redor de uma estrela de um branco azulado doentio, encontramos vestígios da passagem do homem — exatamente isso: vestígios de pegadas humanas no barro de um pântano fedegoso — mas nenhum indício de para onde teria ido a partir dali, se é que fora para alguma parte. Simplesmente, desaparecera em meio ao universo infinito.

"Continuamos a procurar mas, ao cabo de alguns séculos, declaramos a humanidade virtualmente extinta e demos as buscas por encerradas.

"Seria ingênuo imaginar que voltaríamos a desfrutar do mesmo estado de paz, harmonia e absoluto bem-estar que vivíamos em tempos anteriores à descoberta da sonda interplanetária. Muita coisa mudara desde então, e mesmo antes de começarmos a nossa busca já sabíamos que ingressávamos num caminho sem retorno. Só não podíamos imaginar quão radical e definitivamente aquele incidente iria alterar as nossas vidas.

"Acredite você, somos hoje os maiores fabricantes de naves espaciais da galáxia. Nosso planeta atual — não mais aquele paraíso de outrora, há muito perdido — é, para todos os efeitos, o centro comercial, cultural, tecnológico e administrativo do universo conhecido. Nossa cultura primitiva foi soterrada por culturas, tendências e modismos alienígenas. Somos hoje os anfitriões involuntários de uma festa aborrecida na qual entramos de penetras há alguns milhares de anos.

A criatura emitiu um jato de vapor pelo espiráculo, e o ambiente foi tomado por uma neblina fedorenta.

— Certamente você deve estar se perguntando por que eu estou lhe dizendo tudo isso. E aí vem a parte mais irônica desta longa história. Estou lhe dizendo tudo isso porque esse é, com alguma abreviação, o discurso que vínhamos guardando para fazer aos homens antes de finalmente extirpá-los do universo.

"Descobri-o quase que por acaso, ao ler os prospectos desta exposição de animais exóticos. Não tivessem os de Betelgeuse essa curiosa propensão a misturar ciência com circo, é bem provável que nunca viéssemos a nos encontrar algum dia.

"Ao receber as primeiras fotografias, os primeiros relatórios, duvidei, e muito, que você pudesse ser o objeto de nossa busca milenária. E, mesmo com a evidência diante de meus olhos, fiz questão de verificar diversas vezes o seu código genético antes de me mover de onde estava.

"Não, não me restam dúvidas. Você, criatura anfíbia e acéfala, último exemplar de uma espécie extinta, encontrada no fundo do mar viscoso de um planeta agonizante, é o que sobrou da humanidade ao fim de todo esse tempo.

O PEIXE-REI

O hotel fora construído sobre imponentes rochedos e dominava uma enseada de areias rosadas onde as ondas quebravam mais brandas e era possível nadar.

Todas as manhãs, antes mesmo que o sol despontasse por trás das montanhas, o menino descia a longa escadaria de madeira que serpenteava pelo flanco da escarpa, ganhava as areias ainda úmidas de orvalho e tomava o seu banho de mar.

O menino era hóspede do hotel no topo dos rochedos. Tinha oito anos de idade, estava na muda de dentes e a falta de um molar dava-lhe o aspecto de uma criança tão travessa quanto ele era na realidade. Estava de férias, desfrutando duas semanas de verão com o pai, que era divorciado da mãe e a quem ele só podia ver em ocasiões predeterminadas.

Naquela manhã, o menino descia a escadaria já antecipando os prazeres do primeiro mergulho quando, a meia encosta, descortinou um panorama desolador.

A tempestade da véspera, que o obrigara a uma tarde tediosa no saguão, jogando gamão com uma senhora que falava como o Pato Donald e fumava cigarros mentolados por um buraco que tinha no pescoço; a grande ressaca da véspera, que obrigara os adultos a abrirem mão de seus martínis crepusculares para se refugiarem atrás das pesadas cortinas do salão de jogos; a tremenda borrasca da véspera, que afundara um barco pesqueiro de uma aldeia vizinha e partira em dois o mastro da torre do hotel, também tragara a estreita faixa de areias rosadas onde o menino tomava o seu banho de mar.

Criança de metrópole mediterrânea, o banho de mar era a grande atração daquelas férias com o pai. E o súbito desaparecimento de sua praia particular era motivo mais que suficiente para deixá-lo aborrecido.

Como toda criança, porém, o menino sabia jogar com o acaso e tirar pequenos lucros de grandes perdas. Infelizmente não haveria banho de mar naquele dia, mas ele não tinha a menor intenção de passar outra tarde jogando gamão com adultos aborrecidos. Fora-se a praia, é verdade, mas, em compensação, restava-lhe um museu de maravilhas a ser explorado.

É que, ao roubar a areia da pequena enseada, o mar revelara um fundo grotesco de rocha enrugada que inviabilizava o mergulho mas que, por outro lado, permitia a formação de poças de água cristalina onde sobrenadavam pequenas criaturas marinhas, ali arrojadas pela tempestade.

A idéia da coleção de conchas ocorreu-lhe antes mesmo de encontrar o primeiro búzio prateado. Não demorou muito, porém, até decidir trocá-la por uma coleção de corais e, daí em diante, sucessivamente, por coleções de estrelas-do-mar, ouriços e, finalmente, de crustáceos fossilizados que a violência das ondas arrancara do fundo do mar.

O menino estava a ponto de voltar ao hotel, em busca de uma caixa onde guardar os seus tesouros, quando percebeu o peixe enorme, nadando com dificuldade numa pequena piscina que se formara na cavidade maior, ao centro da enseada.

Era um peixe belíssimo, redondo como um relógio de sol e de escamas furta-cor que reverberavam à luz da manhã. O movimento das esplêndidas nadadeiras, então abertas em leque, indicava que estava bem vivo, embora o menino pressentisse que o peixe não resistiria muito tempo, caso permanecesse onde estava. Teria uns dois metros e meio de comprimento e deveria pesar quase trezentos quilos.

— Sou um peixe-rei — disse ele ao perceber a aproximação do garoto. — Preciso voltar ao mar.

Em qualquer outra situação, um peixe falante seria motivo de muita surpresa, mas, naquele instante, pareceu ao menino a coisa mais natural do mundo.

— Em breve se esgotará a água desta piscina e eu morrerei — prosseguiu o peixe-rei. — Morrerá comigo a memória do oceano, pois não há hoje, nos sete mares, criatura mais antiga do que eu.

O menino acocorou-se à beira da piscina e tocou suavemente uma das nadadeiras do peixe.

— Nós, os peixes-reis, somos seres das profundezas abissais. E, embora não sejamos tão numerosos quanto as sardinhas, temos mais representantes no mundo do que os narvais e os celacantos. Vocês, humanos, nos classificaram como osteíctes, da ordem dos lampridiformes, família dos lamprídeos, e deram-nos o nome pomposo de *Lampris pelagicus*, mas a verdade é que nada sabem a nosso respeito.

O menino atentou para as guelras do peixe-rei, que se abriam e fechavam a intervalos regulares e eram tão grandes quanto as suas duas mãos espalmadas.

— Nunca o homem descobriu um meio de nos capturar em grande número. Só subimos à superfície durante a noite e, mesmo assim, em lugares secretos e inacessíveis aos predadores, onde podemos nos alimentar em segurança. Raramente um peixe-rei é aprisionado pelas redes de algum pescador e, ainda mais raramente, como é o meu caso, arrojado à praia pelo mar agitado. Sentimos de longe o cheiro do anzol no interior da isca e somos mais rápidos que os arpões de seus mais hábeis mergulhadores.

O peixe-rei voltou os enormes olhos azuis para o menino e prosseguiu:

— Justamente por isso somos muito valorizados. Nossa carne raríssima é iguaria disputada à mesa de restaurantes de luxo. Não constamos, porém, de nenhum cardápio, porque em verdade eu lhe digo que é mais fácil ao *gourmet* encontrar uma pérola negra numa ostra do que um peixe-rei numa bandeja de prata. Somos fenômenos culinários imprevisíveis.

O menino sorriu, divertido com a linguagem rebuscada do interlocutor.

— Sou o rei dos peixes-reis. Sou tão antigo quanto o mundo. Nasci num tempo em que o mar ainda não era salgado e as profundezas eram habitadas por serpentes e dragões ferocíssimos. Nadei em mares que hoje já não existem. Vi continentes inteiros emergirem e serem novamente tragados pelas águas. Em minha existência, testemunhei duas idades do gelo e a queda de um imenso aerólito que escureceu o céu durante milênios.

O menino lembrou-se de um documentário que vira certa vez na tevê, a respeito de um meteorito que teria caído no Golfo do México, precipitando a extinção dos dinossauros. Mas logo fez as contas e recusou-se a acreditar que o peixe-rei fosse assim tão velho.

— Sei mais sobre a vida marinha que os mais célebres oceanógrafos e conheço a história do homem melhor que qualquer historiador. Lá estava eu quando aquele macaco desengonçado, metido no oco de um tronco de árvore, aventurou-se no mar pela primeira vez. Desde então, compareci ao lançamento de todas as novas embarcações humanas, da canoa ao transatlântico. Da mesma forma, testemunhei muitos naufrágios e sei de mais riquezas submersas do que todos os tesouros que existem na superfície da Terra.

Enquanto falava, o peixe mudava lentamente de cor, passando de um dourado vívido a um prata azulado que refulgia aos primeiros raios de sol.

— Você certamente não pode me carregar de volta ao oceano. Nem mesmo um homem adulto poderia. Há, porém, uma pedra, bem mais leve do que eu, a qual você certamente poderá mover, de modo que a água dessa piscina escoe de volta ao mar, levando-me com ela através da passagem.

O menino olhou em torno e logo descobriu a pedra de que falava o peixe.

— Você será regiamente recompensado. Não há o que se compare à gratidão de um peixe-rei. De hoje em diante, e por toda a sua vida, poderá contar com os meus conselhos. Todos os segredos do oceano lhe serão revelados. O barco em que navegar fará sempre boa viagem, deslizando sobre mar calmo de brisa amena. Posso torná-lo um homem rico se essa for a sua vontade. Principalmente, posso torná-lo um homem feliz. Assim, no crepúsculo de sua tranqüila existência, quando nada mais puder fazer pelo seu bem-estar, já que tudo estará feito, virei ao pé de sua janela para contar-lhe histórias maravilhosas...

O peixe pressentiu um lampejo de interesse nos olhos do menino, o que o animou a prosseguir:

— Contarei histórias jamais contadas, histórias há muito esquecidas, histórias muito compridas, repletas de piratas, princesas mouriscas, marinheiros intrépidos, canibais, feiticeiros, ídolos dourados, galeões afundados e amuletos. Histórias sobre cidades submersas, sobre civilizações extintas, sobre guerras de cavalos-marinhos, sobre navios e submarinos fantasmas.

O menino coçou o nariz.

— Narrarei a história de povos dos quais hoje já não se tem notícia — continuou o peixe, empolgado. —

Falarei de heróicas migrações oceânicas, de grandes culturas perdidas. Contarei a chegada de extraterrestres num passado anterior à humanidade ou, se preferir, em seus mínimos detalhes, a chegada de Colombo no Novo Mundo, de Cook na Austrália, de Cortés no México, de Marco Polo em Cipango, do primeiro homem em cada ilha do Pacífico, pois de tudo isso fui testemunha.

O peixe olhou diretamente nos olhos do menino e disse:

— Assim, amigo, eu lhe peço, mova aquela pedra para que eu possa voltar aos meus domínios. Dou-lhe a minha palavra que não se arrependerá. Mas faça-o o quanto antes, já que a água escoa rapidamente e logo estarei irremediavelmente encalhado.

De fato, o peixe já tinha boa parte do corpo fora da água e era obrigado a nadar de lado sempre que queria mudar de posição.

O menino avaliou a situação desesperada do pobre soberano dos mares, balançou a cabeça em sinal de contrariedade e caminhou a esmo pela enseada devastada, pensando em tudo o que ele lhe dissera e prometera. Por fim, parou novamente à beira da piscina, lançou ao peixe um último olhar, repleto de piedade, e correu escada acima em busca de três adultos parrudos que o ajudassem a levá-lo até a cozinha do hotel.

DE OLHOS BEM ABERTOS

SEGUNDA-FEIRA, 4 DE AGOSTO DE 1997

23:42

Um barraco miserável, em qualquer lugar da Baixada Fluminense. Através das janelas do barraco, percebe-se o brilho azulado de um aparelho de tevê.

Um homem aproxima-se pela estrada de terra batida. Chama-se José e está visivelmente embriagado. José cambaleia em direção ao barraco mas, a meio caminho, muda o trajeto e dirige-se ao terreiro.

José avança por entre galinhas assustadas, pára a um canto junto ao bebedouro e golpeia o chão com o calcanhar. Logo a seguir, ouve-se um ruído abafado, vagamente semelhante ao de uma voz humana a emanar de um subterrâneo. José sorri, satisfeito, abre a braguilha e urina.

23:44

No interior do barraco, uma mulher assiste tevê. Chama-se Cida. Duas crianças dormem numa mesma cama de campanha. Seus nomes são irrelevantes para a trama.

José chuta a porta e entra no barraco. Cida se sobressalta mas as crianças adormecidas sequer estremecem, como se estivessem bem habituadas à rotina.

José aproxima-se da mulher. Cida protege-se instintivamente. O tapa atinge-lhe os braços em vez do rosto.

Cida levanta-se de um salto.

— Qualé, porra?

José empurra Cida violentamente contra o canto do barraco onde fica a cozinha. As prateleiras despencam sobre ela. A criança mais velha desperta, pragueja qualquer coisa ininteligível, vira-se para o lado e volta a dormir.

— Só me responde uma coisa — vocifera José, dedo em riste. — Você "trocou" o cara?

Cida olha para o chão. José desfere-lhe um violento tapa na cara.

— Você quer que eu te mate, sua filha da puta?

Outro tapa.

— Você sabe o que acontece com a gente se esse maldito morre na nossa mão?

Outro tapa.

José toma Cida pelos cabelos e a leva até diante da cama das crianças.

— É por causa deles! Não é pela gente, não, sua piranha!

TERÇA-FEIRA, 5 DE AGOSTO DE 1997

00:05

José e Cida saem de casa. José traz o lampião. Cida traz um pequeno farnel e um balde de água. Caminham até o ponto onde José urinou. José descobre uma corda grossa entre a folhagem. Com alguma dificuldade, arrasta a corda, que move uma prancha de madeira camuflada sob terra e mato.

No interior da cova há um ser humano, um fiapo de vida atado a correntes. Está seriamente desidratado, desnutrido, anêmico, e com todas as características de alguém que vem sofrendo um longo e doloroso confinamento. Seus olhos se ofuscam com a fraca luminosidade do lampião. É um seqüestrado. Chamase Paulo.

Cida e José recuam diante do fedor que exala da cova.

— Tá vendo? Pensa que é mole? — diz ela, enojada.

— Água!... por favor!...

José derrama o balde de água sobre Paulo.

Cida atira o farnel no interior da cova.

Entontecido pelo mau cheiro, José tem dificuldade em arrastar a tampa de volta ao lugar.

— Fecha logo essa porra! — grita Cida. — Está um fedor horrível!

A mão de Paulo agarra a borda da prancha, tentando impedir que se feche.

— Água!... por favor!... Água!...

José finalmente fecha a cova. Cida afasta-se e vomita em uma moita.

José ajeita a terra com o pé, ocultando as bordas da tampa. Ambos voltam ao barraco.

00:07

Paulo chupa os trapos que veste, tentando sorver das roupas um pouco da água ali acumulada. Em seguida, procura o farnel atirado por Cida. Com dificuldade, o arrasta para perto e o abre. Contém quatro bolachas de água e sal.

— Alguém me ajude, por favor... — soluça em desespero.

00:35

A delegacia está vazia. Há apenas uma luz acesa sobre uma mesa de trabalho. Sentado à mesa, um detetive da Divisão Anti-Seqüestro chamado Carlos examina uma pasta volumosa no interior da qual encontra fotos, relatórios e diversos recortes de jornal:

SEQÜESTRADO FILHO DE
EMPRESÁRIO DA BAIXADA
FAMÍLIA PEDE POLÍCIA
AFASTADA DO CASO
SEQÜESTRADORES
MANTÊM SILÊNCIO

POLÍCIA ESTOURA PRIMEIRO
CATIVEIRO DE PAULO BRITO
Seqüestradores fogem com o refém
horas antes da chegada da polícia.

DEDO MÍNIMO DE PAULO BRITO
ENCONTRADO EM ESTAÇÃO DO METRÔ

UM MÊS SEM NOTÍCIAS
DE PAULO BRITO

Carlos balança a cabeça, exausto, culpado, desiludido. O telefone toca.

— Eu queria pedir uma *pizza* — diz uma voz feminina do outro lado da linha. — Metade napolitana, metade alho e óleo, com bastante orégano...

— Estamos fechando, senhora — responde Carlos.

— Cascata! Vocês aí nunca fecham...

Carlos sorri.

— Larga dessa vida, homem — diz a mulher. — Volta para casa.

— Já disse, querida, estou fechando a loja.

— Jura?

— Juro.

— Notícias do filho do Brito? — pergunta ela.

— Não. E não quero mais pensar nisso hoje. Vamos mudar de assunto. Como vão as suas crianças, no instituto?

— Como sempre. Às vezes me dá vontade de...

A mulher suspira, desiludida.

— Tudo bem, me espera. Já estou a caminho.

Isabel desliga sem se despedir. Carlos devolve o telefone ao gancho e faz menção de começar a guardar a papelada. Mas é atraído por um documento qualquer e volta a se concentrar no trabalho.

03:35

Paulo, o seqüestrado, está a ponto de perder os sentidos quando, no limiar entre a razão e o delírio, ouve uma voz infantil:

— Por favor, me tire daqui...

— Quem é você? Onde você está?

— Eu não sei quem sou. Eu não sei onde estou. Mas, por favor, me tire daqui...

Subitamente, Paulo vê um clarão muito forte e se contrai como se atingido por um raio.

03:36

Um menino de seus oito anos de idade está sentado dentro de uma esfera muito ampla e inteiramente branca, como se fora o interior de uma imensa bola de pingue-pongue. Paulo aproxima-se do menino, que olha fixamente para um ponto indefinido no horizonte.

— Quem é você? — pergunta. — Onde estamos?

O menino volta-se para Paulo. Seus olhos são dois globos brancos, sem íris e sem pupilas. Ele estende o braço, na tentativa de tocar o recém-chegado. Mas não o alcança.

— Tire-me daqui, por favor!... — choraminga.

Paulo estende a mão, tentando alcançar o menino, mas é subitamente puxado para trás em velocidade vertiginosa.

03:37

Paulo retorna à cova.

— Eu estou ficando maluco... — murmura. — Eu estou ficando maluco...

Fraca, distante, a voz do menino volta a ecoar no interior da cova:

— Me tire daqui, por favor...

Paulo balança a cabeça de um lado para o outro e chora, desesperado.

15:03

José entra em uma birosca de favela e encaminha-se para uma mesa onde está sentado um sujeito corpulento e bigodudo. É Antônio. José senta-se diante de Antônio. Sobre a mesa há duas garrafas de cerveja vazias, um copo bebido pela metade e uma pistola automática calibre 32.

— Mudança de planos, compadre... — diz Antônio.

— O cara não tá bem... — interrompe José.

— Dane-se o cara. Recebi ordens. É pra sumir com ele. Os homens estão em cima. O plano melou.

— Merda, e a minha grana?

— E a nossa grana, ô mané! Estamos todos no mesmo barco, esqueceu? Infelizmente, agora o jeito é acabar com o flagrante.

José está visivelmente frustrado.

— E quando vocês vão buscar o cara lá em casa?

— Ninguém vai buscar o cara — responde Antônio, perverso.

— Como é?

— A gente não pode dar bandeira. É pra deixar o cara quieto. Já está enterrado, não está? Então! Amanhã vai lá um pessoal nosso pra cimentar o seu terreiro. Até que vai ficar um quintalzinho bem maneiro...

— Não! Eu não quero esse corpo enterrado perto da minha casa, pô!

— Não tem o que querer, malandro. São ordens lá de cima. Sujou, melou, acabou. Vamos partir pra outra.

16:44

A delegacia está em plena atividade. Carlos está sentado em sua mesa de trabalho, barba por fazer, olheiras, a mesma roupa da véspera. Evidentemente não voltou para casa. O telefone toca. Carlos tem dificuldade para encontrar o aparelho por baixo da papelada.

— Alô?

— Será que eu vou ter que seqüestrar alguém para você me dar atenção?

— Isabel, escuta...

16:45

Isabel fala ao telefone celular enquanto caminha em direção a uma casa, numa esquina qualquer da Zona Sul carioca.

— Não! Chega! Conheço todas as suas desculpas! Estou farta!

— Eu... por favor... é que...

— Inspetor Carlos: ou o senhor dá o ar de sua graça esta noite, ou amanhã não vai mais me encontrar em casa, estamos entendidos?

— Isabel, por favor...

Isabel desliga e entra na casa onde há uma placa na qual está escrito: IPA — Instituto de Pesquisa do Autismo.

16:46

O telefone volta a tocar. Carlos atende imediatamente.

— Amor, me escuta, eu...

— Calma, inspetor... sou eu, o Rocha.

Carlos treme ao ouvir a voz.

— Rocha, seu maluco! Pensei que já o tivessem grampeado! Por onde você anda?

— Sou liso, doutor. É ruim de me pegar...

— Onde você está?

— Esquece onde eu estou. Tenho uma bomba.

— Não posso pagar. O departamento cortou a verba para os X-9.

— Desta vez é de graça, doutor. Eu lhe devo essa.

Estava só esperando a oportunidade. Não gosto de ter dívida com cana...

— Diga, Rocha, estou ouvindo.

— Corre um bochincho por aí que os caras que pegaram o filho do Brito vão desistir da operação.

— Como é?

— Isso. Vão sumir com o Paulinho e abandonar a negociação. Vocês pegaram muito pesado em Macacu... assustaram os caras.

— Rocha, onde está o Paulinho?

— Doutor, isso é tudo o que eu sei. Não perca mais o seu tempo. Tire os garotos da rua, arquive o caso e vá descansar. O filho do Brito já era.

16:48

Paulo desperta com um ruído semelhante ao de uma colher de pedreiro trabalhando uma laje de cimento ainda fresca, bem acima de sua cova.

— Não! Por favor! Não! — grita ele, em pânico.

16:49

À superfície, José e Antônio acompanham o trabalho do pedreiro. Debruçada à janela, trazendo o filho menor ao colo, Cida observa a movimentação. Subitamente, ouvem-se os gritos abafados de Paulo no interior da cova. O pedreiro pára de trabalhar.

— O cara ainda está vivo...

— Mas não por muito tempo — diz Antônio.

O pedreiro sorri, enxuga o suor da testa e volta a trabalhar.

17:01

Paulo se cansa de gritar e tomba para o lado, arfante, desalentado. Novamente um forte clarão toma conta da cova. Novamente Paulo se contrai como se atingido por um raio.

Ao longe, na imensidão branca que o cerca, Paulo vê o menino. Paulo se aproxima lentamente. O menino está sentado diante de uma pilha de papéis e traz um pincel na mão direita. Ao seu redor, há vidros de tinta, lápis, *crayons* e canetas coloridas. O menino volta-se para Paulo e diz:

— Pensei que você não fosse voltar...

— O que está fazendo?

— Não sei ao certo.

Paulo se aproxima e aponta para o material de pintura.

— De onde veio tudo isso?

— Também não sei. Acho que veio lá de fora.

— E onde é lá fora?

O menino ignora a pergunta e volta a se concentrar no que estava fazendo. Intrigado, Paulo corre o olhar pela imensidão branca que os cerca, até que, após muito forçar a vista, acaba por perceber sombras bruxuleantes, algo como vultos humanos vistos através de um lençol de seda. Os vultos vêm e vão, indefinidos. Mas logo a paisagem volta a ser completamente branca.

— Posso pintar também?

O menino não responde.

Paulo tenta pegar um pincel, mas os seus dedos passam através do objeto.

— Você não pode — diz o menino. — Você não está aqui de verdade.

Desalentado, Paulo senta-se a alguns passos do menino e põe-se a chorar. O menino observa-o atentamente, como se nunca tivesse visto alguém chorando em toda a vida.

— Mas se você quiser eu posso pintar para você... — diz ele por fim.

Paulo ergue a cabeça, interessado.

— Vai ser difícil, porque eu não sei quase nada — prossegue o menino. — Mas você pode me ensinar o que fazer.

— Sim! — anima-se Paulo. — É uma boa idéia...

Neste momento, porém, vê-se um novo clarão. Paulo grita e estende as mãos, como se quisesse se agarrar ao menino e continuar onde estava. Em vão.

— Não vai dar tempo — lamenta-se ele enquanto desvanece. — Não vai dar tempo...

O menino ouve a voz de Paulo desaparecer ao longe. Em seguida, volta-se novamente para o papel e põe-se a pintar.

QUARTA-FEIRA, 6 DE AGOSTO DE 1997

07:45

Carlos finalmente chega em casa. Isabel está adormecida no sofá. A mesa de jantar está posta, a comida intocada, as velas completamente derretidas nos castiçais. Carlos aproxima-se de Isabel. Ela ainda está com o seu melhor vestido, a maquiagem borrada, como se tivesse chorado e adormecido logo a seguir.

— Eu sou um canalha...

Ao lado de Isabel, espalham-se livros de trabalho, anotações em papéis avulsos, um *laptop* ligado. Isabel ainda tem em mãos uma pilha de desenhos. Carlos desliga o aparelho e retira os desenhos da mão de Isabel para acomodá-la melhor no sofá. Os papéis caem ao chão. Carlos abaixa-se para apanhá-los e é atraído por um desenho em especial.

— Mas que diabos...

Carlos toma o desenho em mãos e o observa atentamente. Está incrédulo, chocado, aparvalhado.

— Isabel, Isabel, acorda, pelo amor de Deus!

Isabel resmunga e vira-se de lado.

Carlos toma o celular e disca nervosamente.

— Chico? É o Carlos. Prepara a turma. Eu sei onde está o Paulinho.

Pausa.

— Não me pergunte como. Não me pergunte nada. Estou indo para aí agora mesmo.

12:32

Uma picareta rompe a lâmina de cimento e atinge a tampa de madeira da cova.

O barraco está cercado de viaturas policiais. José e Cida estão algemados a um canto, respondendo a perguntas de um investigador. Afastada da cena, uma assistente social entretém as crianças enquanto espera a chegada do juizado de menores. Carlos e seus homens observam o trabalho dos bombeiros. A cova é aberta. Todos recuam diante do mau cheiro.

Carlos leva um lenço ao nariz e aproxima-se da borda.

— Está morto? — grita-lhe um policial, ao longe.

— Não sei. Acho que...

Neste momento, Paulo move-se lentamente e leva a mão aos olhos, completamente ofuscados.

— O menino conseguiu!... — murmura Paulo.

Carlos acena para os demais e grita:

— O refém está vivo!

Os paramédicos chegam logo a seguir.

QUARTA-FEIRA, 8 DE ABRIL DE 1998

10:00

Paulo e o menino estão sentados um diante do outro, silenciosos, de olhos fechados. Ambos vestem-se de branco e a sala é despojada, um tanto semelhante ao limbo onde os dois se encontravam durante o seqüestro. Agora, porém, o ambiente é de paz, harmonia. Seus lábios não se movem. Mas eles conversam mesmo assim.

— Obrigado, amigo — diz Paulo.

— Obrigado a você — responde o menino.

10:01

Numa sala anexa estão Isabel, Carlos e uma supervisora do Instituto. A sala é separada da outra por um espelho falso, de modo que os três podem observar secretamente o que acontece entre Paulo e o menino no outro lado.

— É o caso mais extraordinário que já vi em toda a minha vida — diz a supervisora.

— Este menino chegou aqui como um vegetal — diz Isabel. — Agora...

— É um milagre — diz a supervisora.

Carlos retira do bolso o desenho que o levou a desvendar o cativeiro de Paulo e o atira sobre a mesa.

— Para um vegetal, até que...

Sobre a mesa, um desenho infantil muito bem detalhado, onde se vêem um barraco e uma cova no interior da qual está um homem barbado e muito magro, com uma mão ensangüentada com apenas quatro dedos. Uma linha férrea passa ao largo, e, no canto esquerdo do desenho, ao fim da linha férrea, há uma estação com a placa: Vasconcelos. Carlos sorri.

— Vejam: até mesmo o cimento, esse traço cinza aqui... tudo conferia.

Isabel e a supervisora encaram-se, confusas.

10:07

Paulo e o menino continuam a conversar telepaticamente.

— Então, preparado para a brincadeira de hoje? — pergunta Paulo.

— Estou com medo — responde o menino.

— Não tenha medo. Venha comigo.

— E o que vamos fazer?

— É simples. Vamos brincar de abrir os olhos.

— Tenho medo de abrir os olhos.

— Você deveria ter medo é de mantê-los fechados. Vamos lá: não é assim tão ruim.

Paulo abre os olhos e sorri.

O menino abre os olhos e sorri.

Seus olhos são lindos.

SUCCUBUS

Estava só, em casa, assistindo à reprise de não me lembro qual estúpido seriado de tevê, quando a campainha tocou. Os gatos sobressaltaram-se. E com razão. Não era esse o procedimento normal. Ninguém podia subir aos apartamentos sem antes ser anunciado pelo interfone. Gatos são animais metódicos, eu também, e essas pequenas surpresas do cotidiano bastam para nos deixar completamente apavorados. Passado o susto, consultei o relógio, admirei-me do adiantado da hora, diminuí o volume do aparelho e fui espiar pelo olho mágico da porta de entrada.

Nada. O corredor estava às escuras e ninguém respondeu quando perguntei um "quem é?" aborrecido.

Ao fim de algum tempo de espera, e sem ter ouvido resposta, emiti um suspiro de enfado, amaldiçoei as crianças do apartamento defronte, voltei ao sofá, e quando estava a ponto de acionar o controle remoto para aumentar o volume da tevê a campainha voltou a tocar.

Desta vez, levantei-me num rompante, corri até o vestíbulo e abri a porta de supetão.

— Se Botticelli pintasse morenas de olhos verdes... — disse eu, atônito, ao dar com a bela que emergira do fundo do corredor e caminhava sorridente em minha direção —... elas haveriam de ser assim como você.

Não obtive resposta. Sempre sorridente, sem dar por mim ou por meus comentários, a mulher entrou em meu apartamento.

Antes mesmo que a intrusa ganhasse a sala de estar, os gatos já haviam desaparecido de vista num torvelinho de pêlos, unhas quebradas e esturros de pânico. Curioso. Costumavam ser dóceis com as visitas. Ela, de sua parte, não percebeu ou fingiu não ter percebido o tumulto que causara. Sem cerimônias, foi até o bar da varanda, serviu-se de uma considerável dose de uísque e perguntou:

— Me acompanhas?

E, antes que eu pudesse responder:

— Duas pedras, certo?

Encontrou o frigobar — nenhuma de minhas namoradas jamais conseguiu encontrar o frigobar debaixo do balcão; todas pensam que é um pequeno armário — depois dirigiu-se ao armário onde guardo os copos — nenhuma de minhas namoradas consegue encontrar o armário debaixo da pia; invariavelmente acabam dando com o frigobar sob o balcão — e serviu-me o uísque como nenhuma de minhas namoradas jamais conseguiu, não importando o tempo de namoro.

— Deve haver algum engano. Você certamente bateu em porta errada.

Ela deu a volta ao balcão, sentou-se num dos tamboretes e deu um tapinha no tamborete adjacente, convidando-me a sentar ao seu lado.

— Vamos conversar um pouquinho...

A essa altura ela já havia se livrado do *blazer* que trazia sobre os ombros, revelando o dorso mais bem torneado que eu jamais vira em toda a vida.

— Seu cliente deve estar uma fera a essa altura — disse eu.

Ela ria gostosamente enquanto eu falava.

— ...o problema é que eu não pedi os seus serviços.

Ela continuava rindo. E isso me irritava.

— Se você quer ficar aí sentada, rindo, tudo bem. Seu sorriso é lindo. Mas já avisei. Não vou lhe pagar um tostão.

Ela engoliu a última risada, procurou o siso com dificuldade e disse:

— Eu não vim aqui para rir. Eu vim aqui para contar uma história.

Esta resposta eu ainda não conhecia.

— De graça?

— De graça.

— E quem é o palhaço que está pagando pela brincadeira?

De fato, meu aniversário seria na semana seguinte e não era impossível que um de meus amigos — ou todos, em grupo, já que a moça parecia ser caríssima — me estivesse pregando uma peça.

— Então? — disse ela. E sorriu um sorriso de menina-moça de banho recém-tomado, passeando o sapato novo pela calçada defronte à escola.

Sentei-me no tamborete ao lado dela.

— Há muitos e muitos anos...

— Um momento, já começou a história?

— Já.

— Então espera um pouco que eu vou pegar o gravador. Pode gravar, não pode?

— Pode.

— Há muitos e muitos anos — prosseguiu ela quando o gravador começou a rodar —, numa cidade chamada Abidos, ao norte de Ilium, próximo aos Dardalenos, havia um rei muito jovem e poderoso, chamado Ciro.

Ela olhou-me fixamente e em seus olhos pareciam brilhar todas as estrelas do firmamento.

— Ciro era o homem mais belo já nascido sobre a face da Terra. Era também o mais hábil e o mais forte entre seus muitos irmãos, motivo pelo qual, embora fosse o caçula, fora escolhido pelo pai como sucessor ao trono imperial.

Ela sorveu todo o uísque do copo de um só gole e prosseguiu:

— Nem bem assumiu o poder, contrariando o vaticínio dos magos, que previram que o jovem príncipe acabaria se revelando um soberano sábio, justo e magnânimo, Ciro ordenou que todos os seus irmãos, e os filhos, amigos, servos e animais domésticos desses seus irmãos, fossem mortos pela guarda palaciana. Assim foi feito, e, numa só noite, todos os possíveis pretendentes ao trono foram assassinados com crueldade, porque o crime que Ciro lhes imputava era o de conspiração, e as leis da época eram muito severas nesses casos extremos.

A mulher serviu-se de outra generosa dose de uísque, voltou a ingeri-la como se fosse água e prosseguiu:

— A única a escapar à chacina foi a pequena Elisa, meia-irmã de Ciro por linha materna, na época uma menina de seus dez anos de idade. Por ser filha bastarda da falecida rainha, Elisa não constituía ameaça direta à supremacia de Ciro, o que certamente a poupou de uma morte violenta e prematura.

Era impressionante o vocabulário daquela garota de programa. Mais impressionante ainda: eu poderia jurar que as madeixas de seus cabelos serpenteavam lentamente, como se dotadas de vontade própria, assumindo os mais curiosos penteados. Definitivamente, alguma coisa muito estranha estava acontecendo comigo. Teria ela misturado alguma droga à bebida? Imediatamente larguei o copo sobre o balcão.

— Ciro reinou em paz durante cinco anos antes de lançar-se em guerra contra os seus inimigos. Mas quando o fez derrotou-os a todos, sem deixar varão sobre as terras que devastou. De volta à pátria, coberto de glórias, conheceu a irmã, Elisa, então uma moça de seus quinze anos de idade, por quem se apaixonou perdidamente.

A mulher levantou-se, foi até a sala e desligou a tevê. Neste momento, um dos gatos cruzou diante dela e desapareceu como um foguete nos fundos do apartamento.

— Crias gatos!... — murmurou, entre surpresa e debochada. — Ora, ora...

E prosseguiu, já de volta à varanda:

— Novamente, os vaticínios dos magos e dos astrólogos não se concretizaram. Não houve secas, enchentes, nem pragas de gafanhotos naquele ano fatídico em que Ciro e Elisa consumaram as suas bodas. Ao contrário: floresceram os cereais nos campos, e o gado proliferou como nunca. Durante algum tempo, Ciro esqueceu-se das guerras e dedicou-se exclusivamente à construção de um palácio suntuoso onde abrigar a sua rainha, uma elegia ao amor erguida em mármore, ouro, prata e marfim.

Àquela altura, eu já estava absolutamente certo de que ela acrescentara alguma droga à bebida. Se não, como explicar os cheiros, os sons e as visões que acorriam à minha mente, como se eu estivesse testemunhando, *in loco*, todos aqueles acontecimentos?

— Ciro e Elisa tiveram cinco filhos em anos consecutivos, até que, alguns meses depois de inaugurado o novo palácio, Esmirna levantou-se contra Abidos e teve início uma grande insurreição nas colônias do sul. Pela primeira vez desde que se haviam casado, Ciro e Elisa tiveram que se separar.

Ela se levantou para buscar outro uísque, mas, para o meu total assombro, já não vestia a mesma roupa de antes e sim uma túnica de gaze vaporosa. Também já não estávamos em meu apartamento e sim num luxuoso triclínio em algum lugar do Mar Egeu, sabe-se lá em que passado remoto.

— A guerra foi acirrada e, ao fim de dois anos, Ciro voltou derrotado à pátria. Durante a campanha, fora aprisionado e humilhado pelo adversário. Dos cinco mil homens que levara, voltava com menos de trinta guerreiros alquebrados. Todos os demais foram mortos ou feitos escravos pelo inimigo.

Ela estendeu-me uma taça de vinho. Ao longe, além da arrebentação, cruzava uma trirreme de guerra.

— Ao chegar em casa, Ciro deparou-se com um sexto filho, que ainda não conhecia e que teria nascido quando ele já se batia em Esmirna. Topou também com as cobranças da aristocracia, que apostara alto naquela campanha e então se via obrigada a desembolsar ainda mais para financiar o vultoso resgate de seu soberano.

Pouco a pouco a trirreme desaparecia além da curva do horizonte.

— Ora, Ciro era um homem mesquinho, desconfiado, egoísta. Por ser assim tão baixo, achatava todos à sua medida. Sua derrota, pensava ele, devia-se não à sua incompetência militar e sim à traição de seus generais. A ruína a que atirara a nação não se devia à sua incompetência como administrador e sim à corrupção de seus ministros e curadores. Todos conspiravam contra ele. Todos.

— Todos? — indaguei, embora já soubesse a resposta.

— Todos. Inclusive Elisa.

A essa altura da narrativa, a mulher me pareceu bem mais envelhecida do que aquela que batera à minha porta havia pouco. Era ainda belíssima mas já trazia mechas de cabelos brancos e algumas rugas ao redor dos olhos.

— A partir de então, Ciro ganhou o título de "o Sanguinário" e seu reinado se caracterizou por uma seqüência de assassinatos cruéis, freqüentemente injustificados. É claro que, agindo assim, ele se via cada vez mais solitário, cada vez mais fraco na luta para manter o poder. E foi às vésperas de sua queda final, dias antes de ser assassinado por um efebo coríntio que mantinha como amante, que Ciro, não tendo mais ninguém a quem culpar por sua desgraça pessoal, voltou-se contra Elisa e os filhos.

A mulher olhou-me com olhos injetados de ódio e, forçando uma voz masculina, vociferou:

— De quem é o sexto filho que encontrei ao voltar de Esmirna? Ou pensam que sou idiota o bastante para não notar que esta criança tem bem menos de dois anos de idade? E esse filho que você carrega no ventre? É meu? Sim. Por certo, este sim, que eu a vigio de perto desde a minha volta. Mas e os outros seis? Como saber? Como confiar o poder a qualquer um deles sem ter certeza absoluta de que não o estou entregando a um bastardo?

A mulher suspirou. Lágrimas surgiram no canto de seus olhos. Mas a voz continuava inabalável.

Então, Ciro mandou vir os seus seis filhos. E mandou que fossem despidos e atados a estacas de madeira. E mandou que chamassem Elisa. E, após atá-la a outra estaca, perguntou se ela lhe fora fiel durante todos aqueles anos. E ela jurou que sim. E então Ciro se aproximou do filho menor e perguntou:

— Este é meu filho?

Elisa disse que sim. Jurou que o pequeno era filho do rei.

— Não me parece — disse Ciro.

E quebrou o pescoço do pequeno com apenas uma das mãos.

A mulher fez uma pausa para conter um gemido de dor.

Em seguida, Ciro voltou-se para os outros filhos, observando-lhes demoradamente cada pequeno detalhe do corpo. E demonstrou claramente não estar gostando do que via.

— Esta mão, por exemplo — disse ele já desembainhando a espada. — Esta mão não me parece da família.

E zap! amputou a mão do filho de sete anos.

— O nariz deste aqui não está de acordo...

E zap!

— A perna daquele ali...

E zap! zap! zap! zap!

E foi assim até dar cabo dos seis meninos.

Enquanto ela falava eu assistia, paralisado de pavor, ao esquartejamento das crianças. Testemunhei tudo até o momento em que Ciro voltou-se para Elisa e, ao contrário do que ela ardorosamente desejava, cortou as cordas que a prendiam, largou a espada. As lágrimas misturavam-se ao sangue dos filhos trucidados, que lhe salpintava as faces.

Então, num laivo de arrependimento, Ciro perguntou a Elisa:

— Qual dos que matei era de fato meu filho?

E Elisa, cruel, espicaçada pela dor de uma mãe que acaba de ver seis filhos impiedosamente esquartejados, respondeu:

— Nenhum. Nenhum deles era teu.

E aproveitando-se do desespero de Ciro, afastou-se num rompante, tomou a espada caída no chão e gritou:

— Mas este aqui... — e cravou a espada no ventre — este aqui, sim, era teu.

O feto tombou ao solo. Elisa tombou a seguir.

— Por meu crime hediondo — prosseguiu a mulher —, hei de continuar a vagar no limbo, sem permissão para uma vida material durante milhares de anos terrestres. A única coisa que me é concedida neste tempo é te fazer uma visita a cada uma destas tuas medíocres reencarnações e lembrar-te dos crimes que cometeste. Meu único consolo é poder olhar para esta tua cara de palerma e repetir: "Eu te amava. Eu te amava mais do que a mim mesma. E tu duvidavas de mim." Meu único prazer, século após século, milênio após milênio, é poder voltar a ti e dizer: "Eram teus! Eram todos teus aqueles filhos que mataste! Eram teus filhos! Eram teus! Eram teus!"

Despertei cedo pela manhã, debruçado no balcão. Imediatamente, procurei o gravador. Estava sem fita, sem pilhas, sem uso, guardado no mesmo lugar onde sempre estivera havia meses. Em seguida, corri às enciclopédias. Para meu alívio, constatei o que já sabia. Jamais houvera nenhum Ciro, rei de Abidos, e tampouco uma rainha chamada Elisa, nomes que, de resto, não são fenícios. O triclínio e a trirreme do sonho — curiosa recorrência do número três! — identifiquei como elementos de uma gravura que tinha meu avô sobre o piano da sala de estar da casa-grande da fazenda. O episódio se caracterizava tão-somente como mais um sonho maluco, resultado de algum pecadilho gastronômico da véspera, e pouco a pouco a terrível lembrança das crianças esquartejadas esvaeceu de minha memória.

Era um belo sábado de sol, eu estava bem mais disposto do que ao acordar, mas, só por precaução, resolvi desmarcar o futebol com a rapaziada e ficar quieto em casa, cuidando das plantas e dos bichos, levando cá comigo essa vidinha besta que não anda e que, afinal de contas, não dá em nada.

ANO-BOM

A velha tinha mais de oitenta anos e morava só num prédio em ruínas na periferia de uma grande metrópole. Tivera outrora um marido, depois um gato, mas, naquela altura da vida, contava apenas com o silêncio e as memórias de um passado idealizado.

Sempre fora uma mulher miúda e encolhera ainda mais com a idade. Tinha as mãos engelhadas pela artrose e a coluna dobrada por décadas de trabalho burocrático em repartições públicas do estado. A pele assumira pouco a pouco o tom macilento das paredes que a cercavam, e os olhos eram opacos, obnubilados pela catarata.

E foi talvez por ser tão pequena, tão discreta e silenciosa, por integrar-se tão bem ao meio que habitava, que os técnicos não deram pela sua presença ao fazerem a última vistoria no prédio. De fato, por incrível que pareça, a velha chegou a ter um deles dentro de casa, sem, contudo, ser percebida.

O homem entrou apressado, fixou uma massa amarela à parede do vestíbulo e saiu antes que ela tivesse tempo de dizer adeus. A velha também não teve tempo de perguntar para que servia o fio comprido que o homem esticava atrás de si, embora imaginasse que a massa amarela grudada à parede fosse algum tipo de veneno japonês contra baratas.

Implosão em época tão inoportuna recebeu ampla cobertura da mídia, e as redes de tevê já prometiam cenas espetaculares nos telenoticiários da noite seguinte. Até mesmo as baratas já sabiam que todo aquele quarteirão de velhos edifícios seria varrido do mapa para dar lugar a um grande centro de abastecimento de produtos hortifrutigranjeiros.

Apenas a velha ainda não havia sido devidamente notificada que, em menos de vinte e quatro horas, exatamente às dez horas da manhã de 1º de janeiro de 2042, o lugar que escolhera para passar calmamente o resto de sua velhice seria reduzido a um monte de escombros.

A velha só se lembrou de que era véspera de ano-novo ao ouvir o repicar dos sinos da igreja, às seis da tarde. Sentiu uma vaga alegria, resquício de alegrias antigas, vividas em tempos de mais esperança. Logo, porém, lembrou-se do marido, do gato, a vaga alegria minguou em melancolia, e ela limitou-se a voltar ao interminável bordado.

Bordou horas a fio e caiu adormecida por volta das dez horas. E provavelmente teria dormido até o momento da implosão, não fosse despertada à meia-noite pelo espocar de fogos de artifício e, logo em seguida, por um estrondo ensurdecedor, seguido de um projétil luminoso que entrou pela janela e ricocheteou nas quatro paredes antes de pairar ao centro da sala, espalhando fagulhas para todos os lados.

O busca-pé abriu os braços e anunciou, bombástico:

— FELIZ ANO-NOVO! — e voltou a dar cabeçadas pelas paredes.

A velha franziu o cenho.

— O senhor sabe que horas são?

O busca-pé pairou no centro da sala, olhou para o relógio que trazia no pulso esquerdo, voltou a abrir os braços e respondeu:

— MEIA-NOITE! FELIZ ANO-NOVO!

Antes que o busca-pé voltasse a dar cabeçadas, a velha perguntou:

— E quem lhe dá o direito de vir fazer bagunça em minha casa a uma hora dessas?

O busca-pé não esperava tamanha rabugice. O sorriso de animador de auditório murchou numa expressão de desânimo:

— Oh, não! Era só o que faltava! Essas coisas só acontecem comigo! Tantas casas em festa, tanta gente alegre celebrando pelas ruas, e me toca entrar justamente pela janela de uma senhora mal-humorada!

Ela percebeu o abatimento do busca-pé mas não deu o braço a torcer:

— Cuidado! Veja que ainda me queima o tapete! Onde já se viu uma coisa dessas?

O busca-pé empertigou-se. Jamais, em toda a sua fulgurante carreira pirotécnica, queimara um estofado que fosse. E já estava prestes a dar uma resposta malcriada, dizendo que tapete tão úmido, tão mofado, tão ensebado era virtualmente à prova de fagulhas, quando os seus olhos bateram na massa explosiva afixada na parede do vestíbulo.

— M-mas o que é isso? — disse ele, pálido de pavor.

— Massa japonesa contra baratas — respondeu a velha. — Certamente promoção de uma nova empresa de exterminadores de insetos que abriu nas redondezas. O homem veio ontem pela manhã e...

— Massa japonesa, uma ova! — interrompeu o busca-pé, aterrorizado. E disparou corredor afora, seguindo o fio do detonador.

A velha chegou a pensar que havia se livrado do intruso, mas ele voltou minutos depois, ainda mais histérico:

— Mulheres e crianças primeiro! — gritou. — Todos ao convés! Vamos evitar o pânico! SOS! SOS! SOS!

E voltou a ricochetear pelas paredes do apartamento.

— Você poderia fazer o favor de parar com essa balbúrdia?

O busca-pé mirou-a consternado:

— Minha senhora, este edifício vai voar pelos ares a qualquer momento!

A velha não deu atenção à advertência do busca-pé.

— Veja só! — disse ela. — Você está chamuscando os meus moldes de bordado! Assim não é possível!

O busca-pé desesperou-se:

— Mas eu estou dizendo...

— Cale-se.

— ...que este edifício...

— Cale-se.

— ...vai voar pelos ares...

A velha fulminou-o com os olhos e ameaçou extingui-lo com a água do copo no qual guardava a dentadura. O busca-pé pressentiu o perigo e não terminou a frase. Em vez disso, enxugou o suor da testa, recompôs-se e perguntou, casualmente:

— Minha senhora, posso usar o seu banheiro?

Por um momento a velha não soube o que responder.

— S-sim... claro... — disse afinal, desconcertada.

O busca-pé ricocheteou até lá e voltou pouco depois, com um sorriso tranqüilizador.

— Foi o que pensei — disse ele. — Os cabos principais dos detonadores correm pela coluna de ventilação dos banheiros. Podemos usar parte deste explosivo — e apontou para a massa amarela — para provocar uma pequena detonação que destrua os cabos e...

A velha interrompeu-o abruptamente:

— O quê?!? Não contente em invadir a minha casa a uma hora dessas, ainda quer provocar uma explosão...

— Pequena detonação, se me permite o reparo... — interrompeu o busca-pé.

— ...quer provocar uma explosão no meu banheiro!

— Sim — respondeu o busca-pé com um sorriso otimista. — Caso contrário, *kaput! Banzai! Capice?* Em poucas horas, tudo isso vai virar entulho. Urge tomar decisões imediatas.

A velha olhou fixamente para o busca-pé durante

algum tempo. Em seguida, sorriu, puxou os óculos até a ponta do nariz e disse calmamente:

— A quem você pensa que engana?

O busca-pé fez cara de que não sabia do que ela estava falando.

— A quem você pensa que engana? — repetiu com firmeza.

O busca-pé manteve a expressão atônita, mas já sem muita convicção.

— Alberto, meu tolo Alberto! Esses são modos de aparecer diante de sua viúva? Já faz mais de trinta anos que você morreu, e, convenhamos, era de se esperar uma aparição mais clássica.

O busca-pé fez menção de retrucar mas acabou corando de vergonha.

— Contudo, pensando bem, é uma fantasia adequada — prosseguiu a velha. — Você sempre foi irrequieto, explosivo e imaturo. Também sempre esteve com a cabeça nas nuvens, de modo que a imagem lhe cai muito bem.

O busca-pé esteve a ponto de extinguir-se, de tão embaraçado. Mas logo recuperou o lume:

— Você também não mudou nada — retrucou. — Continua a mesma criatura resmungona e apática de sempre. Também continua incapaz de se entusiasmar com minhas idéias. Talvez, se eu tivesse tido um pouco mais de apoio...

— Como no caso da máquina de sorvete... — ironizou a velha.

— Como no caso da fábrica de gelo! — corrigiu o busca-pé, irritado.

— Mas, se você era incapaz de operar uma simples máquina de sorvete, como é que podia pretender administrar uma fábrica de gelo?

— No entanto — respondeu o busca-pé, amuado —, teria dado certo.

— O que me consola — disse a velha a si mesma, simulando tédio — é que isso é um sonho idiota do qual nem vou me lembrar amanhã de manhã...

— Não! Não! — atalhou o busca-pé. — Nem tudo é sonho. Os explosivos, por exemplo, são verdadeiros. Por favor, ao menos dessa vez, concorde comigo!

Ela quase cedeu. Mas logo mudou de idéia:

— Impossível. Você quer dinamitar o meu banheiro.

— Dentro em breve não haverá mais banheiro!

— Haverá, sim!

E ambos se deram conta de que estavam discutindo exatamente como nos bons e velhos tempos.

— O caso — disse a velha com frieza — é que talvez eu esteja pouco me importando se o edifício vai voar pelos ares.

— Você não pode estar falando sério — disse o busca-pé, consternado.

— Estou, sim. Na pior das hipóteses, seria uma morte espetacular. Talvez até saísse nos telejornais.

— Os seus quinze minutos de fama... — ironizou o busca-pé.

— Tanto assim?

— Tudo bem — disse ele após um profundo suspiro. — Não quer detonações no banheiro? Então será sem detonações no banheiro. Pensarei em outra coisa. Como sempre, você venceu.

A velha sorriu.

— Considerando que é apenas um sonho e que nada disso está acontecendo realmente — prosseguiu o busca-pé, medindo as palavras —, você seria capaz, ao menos uma vez, de apoiar uma de minhas idéias?

— Desde que não tenhamos que explodir o banheiro...

— Pois muito bem — disse ele. — Não saia daqui.

E, sem maiores explicações, partiu janela afora.

A velha despertou por volta das três horas da madrugada, ainda sentada na cadeira de bordar. Deixou-se ficar ali durante alguns minutos, recuperando-se do estranho pesadelo. Um busca-pé falante que, em realidade, era o seu falecido marido. Que idéia mais extravagante! E, no entanto, parecera tão real...

Ela levantou-se com dificuldade, fechou a janela e deitou-se na estreita cama de campanha armada nos fundos do aposento. O sono não tardou a vir, e ela novamente teria dormido até a hora da implosão, não fosse despertada pouco depois pelo ruído de alguma coisa que se chocava repetidamente contra a vidraça.

— Você de novo! — disse a velha em meio a um bocejo.

O busca-pé gesticulou para que ela abrisse a janela. A velha obedeceu.

— Suba até o terraço! — gritou o busca-pé, ainda do lado de fora.

— O quê?...

— Suba até o terraço! Não temos tempo a perder.

A velha hesitou. O busca-pé voltou a entrar no apartamento.

— Vamos! Você prometeu!

— Mas são dez andares de escada!

— Você consegue. Por favor!

— Mas o que há lá em cima?

— Você não tarda a saber. Vamos, siga-me! — e disparou corredor afora.

Ela não tinha dúvida de que jamais conseguiria chegar até o terraço. Certamente teria um infarto antes de alcançar o segundo piso. Mas não foi isso o que aconteceu. A princípio, ela não se deu conta, mas logo ficou evidente que quanto mais subia, mais bem-disposta se sentia. E a sensação de bem-estar era tão grande que, ao chegar ao quinto piso, já vencia os degraus de dois em dois.

O busca-pé a esperava, ansioso, ao fim da escadaria.

— Venha — disse ele —, não temos tempo a perder.

E abriu a porta do terraço.

— Mas o que é isso!?! — exclamou ela ao dar com o imenso foguete pousado lá fora.

— Sou um busca-pé, não sou? Tenho amigos influentes no ramo de explosivos — e fez uma expressão de auto-estima quase caricata. — Devemos este belo foguete à iniciativa de milhares de rojões, cabeções, busca-pés, estrelinhas, traques e outros fogos de artifício, meus companheiros de ofício os quais, graciosamente, abriram mão de estourar nesta noite de festa para tirá-la deste edifício condenado.

De fato, por um momento o foguete pareceu ter sido construído com toneladas de fogos de artifício enfeixados numa única e explosiva estrutura. O aspecto geral era de um tosco foguete de desenho animado, e não inspirava a menor confiança. No momento seguinte, porém, já era uma autêntica nave espacial, com ampla cabina envidraçada, rampas retráteis, antenas, sensores, refletores, luzes coloridas, escotilhas, e muitos outros dispositivos que ela não fazia a menor idéia para que serviam.

O busca-pé havia disparado na sua frente e ela o perdera de vista. E qual não foi a sua surpresa quando, ao aproximar-se da nave, encontrou Alberto, não mais travestido de busca-pé, e sim com a aparência que tinha quando jovem.

Vestia, então, o mesmo terno de linho branco, a mesma camisa de seda, o mesmo sapato de crocodilo que usara em suas bodas.

— V-você... Você está tão jovem, tão bonito!

— Não tanto quanto você — respondeu Alberto. E apontou para o reflexo da esposa na superfície platinada da espaçonave.

Somente então ela se deu conta do resultado de sua corrida prédio acima. Por algum estranho sortilégio, ela havia rejuvenescido um lustro por lance de escada, chegando ao terraço no esplendor de seus vinte e poucos anos de idade.

— E para onde vamos? — perguntou enquanto examinava o rosto com as mãos e surpreendia-se com a maciez da própria pele.

— Para certo lugar nas cercanias de Beta da Ursa Maior — respondeu Alberto.

E completou, sonhador:

— Aquela que os árabes chamam de Merak...

— E onde fica isso? — disse ela, ajeitando os cabelos, novamente bastos e sedosos.

— A uns sessenta e dois anos-luz daqui.

— Assim tão longe?

— Você não vem? — perguntou Alberto em tom de súplica.

Ela hesitou alguns instantes mas acabou entrando na espaçonave. Ele alegrou-se, entrou em seguida, fechou a escotilha e, tomando o microfone do painel de controle, disse:

— Piloto, estamos prontos para a decolagem.

Ela sobressaltou-se.

— Piloto...?

— Mas é claro — respondeu Alberto. — Como você sabe, sou incapaz de manejar uma simples máquina de sorvete.

— Mas quem é o piloto? — perguntou ela, incomodada com a idéia de ter que fazer viagem tão longa ao lado de um estranho.

Alberto tomou as mãos da esposa e sorriu.

— O gato — disse ele.

E partiram num clarão silencioso.

A ONDA

O carro parou na subida da serra e Maria já se preparava para sair na chuva em busca de ajuda quando foi atingida por um clarão muito forte que a deixou completamente ofuscada. Logo sentiu-se puxada para cima a uma velocidade absurda, e no momento seguinte viu-se imobilizada sobre uma mesa, cercada de homenzinhos verdes que a encaravam com olhos enormes.

— Acalme-se, senhora — disse um deles, adiantando-se aos demais. — Não pretendemos lhe fazer mal.

— Onde estou? — balbuciou ela.

— Em órbita da Terra, a bordo de uma nave interplanetária — respondeu o homenzinho, gesticulando para que os outros se afastassem.

— Prove o que diz — disse ela, tentando parecer segura de si embora no fundo estivesse apavorada.

O homenzinho sorriu, mostrou-lhe um objeto que tanto poderia ser uma caneta quanto um instrumento cirúrgico, e soltou-o no ar. O objeto pairou no meio da sala, comprovando a ausência de gravidade.

— E quem são vocês?

— Somos amigos. Mas a senhora deve acalmar-se. Tanta apreensão não pode fazer bem para os gêmeos que carrega no ventre.

Maria sorriu com ironia e pensou em dizer que não estava grávida, muito menos de gêmeos, quando o homenzinho tocou-lhe a testa com um par de dedos muito frios e ela adormeceu.

Maria não se lembra do que ocorreu imediatamente após o seu despertar. Quando deu por si já estava em outra sala, diante de uma escotilha panorâmica através da qual se via o imenso disco azulado do planeta Terra.

— Em algumas horas, o seu mundo será atingido por um objeto estelar que nós chamamos de ovo cósmico e que vocês, por ignorância, chamam de buraco negro — disse o mesmo homenzinho de antes. — Trata-se de um ovo cósmico muito pequeno comparado a outros do gênero. Ainda assim, toda a vida no planeta será exterminada.

— E não há como evitar que isso aconteça? — perguntou Maria.

— Certamente que sim. Mas não podemos interferir no destino dos mundos que visitamos. Não é uma atitude astronomicamente correta, se é que me entende. Além disso, já interferimos antes e não fomos bem-sucedidos. Você certamente deve ter ouvido falar da Nebulosa do Caranguejo. Foi o que sobrou de nossas boas intenções naquela parte da galáxia...

— E o que faço eu aqui?

O homenzinho não respondeu de imediato. Em vez

disso, foi ao fundo da sala, acionou um dispositivo de gravidade artificial e voltou com uma bandeja de madrepérola sobre a qual repousavam um prato de espaguete ao vôngole e uma taça de vinho branco. Maria pensou em recusar a comida, mas o aroma era irresistível e ela estava faminta.

— Embora não possamos salvar todos vocês — prosseguiu o homenzinho enquanto ela comia —, podemos resgatar alguns exemplares de sua espécie, poupando-os da total extinção. Já temos outra mulher, igualmente grávida de gêmeos, e precisamos de você e de suas crias para completar uma comunidade com chances ótimas de sobrevivência...

Maria pensou em dizer que não estava grávida mas logo lembrou-se de que menstruara até o segundo mês da primeira gravidez, e que não seria de todo absurdo que o mesmo estivesse acontecendo novamente.

— ...Isso, é claro, se você aceitar a nossa oferta.

— Caso contrário? — perguntou Maria, afastando o prato.

— Caso contrário será devolvida ao lugar de onde veio.

Ela tomou um gole de vinho, pensou durante alguns instantes e disse a seguir:

— Se eu aceitasse a sua oferta, teria direito a estipular uma condição?

— A depender de qual seja...

— A de que meu marido e meu filho venham comigo.

— Infelizmente isso está fora de nossas possibilidades.

— Neste caso, não poderei partir.

O homenzinho suspirou, desiludido, e disse com certa irritação:

— Estamos lhe dando a chance de salvar a si mesma e à sua prole sadia, e você prefere morrer ao lado de um marido e de um filho o qual, lamento dizer, irá desenvolver leucemia por volta dos vinte e cinco anos e, portanto, é uma matriz genética absolutamente desprezível!...

Maria nada respondeu, assimilando com estoicismo a notícia de que o filho era portador de uma doença tão terrível.

— E você tem idéia de como é ruim estar na superfície de um planeta atingido em cheio por um ovo cósmico, pequeno que seja? — prosseguiu o homenzinho, quase exaltado. — Sabe o que é ser atropelado por um bólido espacial que tem cem vezes a massa da Terra?

Sempre em silêncio, Maria tomou outro gole de vinho, limpou o canto dos lábios com o guardanapo e levantou-se.

— Então, onde fica o salão de desembarque? — perguntou afinal.

O homenzinho balançou a cabeça de um lado para o outro, contrariado.

— Se assim o deseja... Por favor, me acompanhe.

Maria despertou dentro do automóvel, debruçada sobre o volante. Era já manhã clara, a chuva estiara e, confirmando as suas suspeitas, o motor pegou assim que ela rodou a chave na ignição. Perturbada por um pressentimento, desistiu de subir a serra, fez meia-volta e tomou o caminho de casa.

Ao ligar o rádio, teve a confirmação de que sua breve passagem pela nave alienígena não fora apenas um pesadelo. Todas as estações anunciavam a catástrofe iminente:

"...autoridades da Agência Espacial das Nações Unidas informam que um objeto não identificado encontra-se em rota de colisão iminente com a Terra. O objeto possui massa pelo menos dez vezes superior à de nosso planeta..."

— *Cem* vezes a massa da Terra! — gritou Maria, corrigindo o locutor.

"...e viaja a uma velocidade espantosa, calculada em três décimos da velocidade da luz. Os cientistas afirmam que a colisão irá ocorrer exatamente às treze horas, catorze minutos e quinze segundos, horário de Brasília. Fontes oficiais se recusam a fornecer qualquer previsão sobre os danos que um impacto dessa magnitude pode provocar, mas os especialistas consultados são unânimes em afirmar que será fatal para todas as formas de vida do planeta. Esses mesmos especialistas afirmam que o objeto é, em verdade, um pequeno buraco negro que..."

— *Ovo cósmico*, suas bestas! — gritou Maria enquanto desligava o rádio. — Ovo cósmico!

E pisou fundo no acelerador.

Maria chegou defronte ao prédio onde morava às treze em ponto, no exato momento em que o marido e o filho saíam às pressas pela portaria.

— Maria! — gritou o marido ao vê-la. — Pensei que nunca mais fôssemos nos encontrar! Rápido, volte para o carro!...

— Esqueça o carro! — disse ela.

— O quê?

— Esqueça o carro. Não há para onde fugir. Vamos para a praia.

O marido tentou protestar mas Maria tomou o filho pela mão e seguiu caminho. Andava tão rápido que ele só conseguiu alcançá-los no quarteirão seguinte.

— Estou grávida de gêmeos — disse ela ao dar com o marido novamente ao seu lado. E, antes que ele pudesse dizer qualquer coisa, voltou-se para o filho e completou: — E você, Luís Eduardo, iria desenvolver leucemia aos vinte e cinco anos de idade se hoje não fôssemos atingidos em cheio por um ovo cósmico com massa cem vezes superior à do nosso planeta.

Quando chegaram à praia, a onda já se formava no horizonte. Era uma onda gigantesca, com mais de setenta metros de altura, e cujo rumor se fazia ouvir por toda a enseada de Copacabana. Aqueles que até então buscavam uma improvável salvação por via marítima debandaram em busca de outra improvável salvação por trás dos edifícios. Em poucos minutos, só restaram Maria, o marido e o filho na praia subitamente deserta.

— E agora? — perguntou o marido.

A onda se aproximava velozmente.

— Você disse que estava grávida? — insistiu ele.

— É verdade. Mas isso já não tem muita importância.

— E como soube?

— Um homenzinho verde me contou.

O vagalhão já estava a ponto de arrebentar contra a enseada. Neste momento, num gesto inexplicável, o marido tomou o filho pelo braço e correu em direção à onda. Maria sorriu ao ver ambos desaparecerem em meio à muralha de água, mergulhando com a desfaçatez de banhistas domingueiros a atravessarem uma marola. Em seguida, ouviu um estrondo, sentiu o impacto violento, e as trevas caíram para sempre sobre os seus olhos.

— Mas como foi isso? — perguntou a tia fofoqueira.

— Ela ia fazer uma visita à obra, em Correias — respondeu o marido. — Ao que tudo indica, dormiu ao volante, perdeu o controle do carro e bateu numa árvore. Por sorte, um motorista de caminhão que vinha em sentido contrário viu o acidente e, por rádio, alertou a polícia rodoviária.

— Ela esteve inconsciente todo o tempo?

— Sim. Todo o tempo.

Neste momento, o médico entrou na sala de espera, voltou-se para o marido e disse:

— Lamento, senhor. Fizemos todo o possível, mas a sua esposa não resistiu aos ferimentos e faleceu.

O marido pareceu não compreender o que ouvira. O médico repetiu o que havia dito, mas o marido continuava a recusar-se a aceitar a notícia.

— Não pode ser... — balbuciou ele. — Não é possível...

O médico deu-lhe as costas, deixou a sala, atravessou o corredor a passos largos e, ao chegar ao estacionamento, emitiu um sonoro palavrão. Foi abordado por outro cirurgião que passava por ali e que estranhou o rompante do colega. Ainda abalado, o médico explicou o caso em linhas gerais e concluiu:

— Agora, me diga: de que adiantaria eu dizer ao marido que, ainda por cima, a esposa dele estava grávida de gêmeos?

A CERVEJA EM TRÊS TEMPOS

I

— Bárbaros! Convivo com bárbaros! A vida inteira desperdiçada entre bárbaros! Antes houvesse tentado a sorte no florescente Egito, onde a bebida é amarga e franca e não se paga pelo mau gosto alheio!

Assim pensava Sur, cervejeiro-mor de Nabucodonosor, horas antes de ser levado ao suplício da tina.

A masmorra onde estava nem de longe lembrava o fausto de suas antigas dependências no palácio do imperador. A última refeição, uma papa de farelos que ele teria vergonha de oferecer aos porcos, ainda restava intocada, aos seus pés. Ao lado, numa vasilha enferrujada, a vergonha maior: o produto infame do novo cervejeiro da corte, um jovem a quem Sur havia tido a condescendência de aceitar como aprendiz e revelar os segredos da fermentação.

Sur caíra em desgraça semanas antes por ter tido a ousadia de oferecer ao monarca uma cerveja diferente. Em vez da beberagem de sempre, carregada de mel, Sur havia criado uma variante mais amarga, mais suave ao paladar, usando flores que lhe foram trazidas por um mercador que acabara de voltar de uma longa viagem ao Ocidente.

Com este novo ingrediente, Sur conseguiu produzir uma bebida extraordinária. Ao contrário da tradicional cerveja babilônica — pesada, licorosa, adocicada, garantia de um dia seguinte aterrador para quem quer que ousasse abusar de seus caprichos —, a nova bebida deixava pouca ou nenhuma ressaca.

Ciente das penalidades que recaíam sobre os maus cervejeiros, Sur teve o bom senso de testar muitas vezes a criação até ter certeza absoluta de que havia realmente chegado a uma cerveja perfeita. Daí, submeteu-a aos provadores mais exigentes da corte, que aprovaram com louvores a nova bebida. Ainda assim, Sur passou longas noites insone, tenso, preocupado, até finalmente concluir que o que era bom para ele também poderia ser bom para o velho soberano.

Erro terrível. Ainda na abertura do festival de sagração da primavera, com a expressão de quem bebeu e não gostou, Nabucodonosor cuspiu a bebida de Sur e o condenou ao cruel suplício da tina, destino de todo cervejeiro que ousasse desagradar ao gosto sempre inconstante do caprichoso tirano.

Por isso, naquela manhã radiante, em vez de ganhar o reconhecimento da posteridade por ter sido o primeiro homem a acrescentar o lúpulo ao fermentado de cevada, Sur seria afogado pelo carrasco em uma barrica transbordante da boa — embora amarga — cerveja que preparara.

Sur tivera uma educação esmerada e era cervejeiro-mor por merecimento mais do que por politicagem cortesã. Seu *know-how*, passado de pai para filho, remontava à Assíria, cultura que se desenvolvera havia mais de mil anos entre os mesmos dois rios que então serviam de berço à cultura babilônica. Resquícios daquela antiga civilização ainda restavam, imponentes, em forma de ruínas quase indestrutíveis e que freqüentemente serviam de base para as modernas, mas nem sempre estáveis, edificações atuais.

Apesar dos séculos que a separavam do presente, a boa cultura assíria ainda prevalecia nas ruas, na boca do povo, repleta de expressões espirituosas, de um senso de humor peculiar, facilmente dissociável do sisudo espírito babilônico.

Sur também tinha informações de que, antes mesmo dos assírios, naquela mesma nesga de terra fértil que receberia o seu cadáver, outra civilização, igualmente vigorosa, já fabricava um fermentado muito similar àquele que era, agora, o motivo de sua desgraça. Os sumérios, que haviam emergido da noite dos tempos, da pedra lascada para a sociedade organizada, também faziam cerveja.

Nos momentos finais de sua existência — e mesmo sem saber detalhes de todas as picuinhas da história, do eterno vaivém dos exércitos, da disposição incansável da humanidade de não deixar a poeira assentar sobre os despojos dos vencidos — Sur se sentiu como um avatar dos bruxos cervejeiros da vetusta Suméria. Afinal, ele era filho de uma extensa linhagem de nobres fermentadores, e seu conhecimento era avalizado por séculos e séculos de experimentação e erro. Em suma, Sur sabia que a sua cerveja era boa.

Foi por isso que, ao ser levado para a sala de execuções, mãos atadas às costas como um criminoso vulgar, amaldiçoou os deuses da decadente Babilônia e chegou a sentir orgulho por estar sendo imerso numa tina transbordante daquela ótima cerveja que preparara. E foi também por isso que, antes de sorver a talagada derradeira, o corpo recoberto por uma delicada trama de bolhas de gás carbônico, vaticinou: "Uma cultura que afoga os seus próprios cervejeiros não pode durar muito tempo."

Não durou.

II

Venceslau IV, rei da Boêmia, margrave de Brandemburgo, rei dos romanos, duque de Luxemburgo e imperador, era um homem de pouca autoridade. Nada importava ser filho de Carlos IV e, por ocasião da morte do pai, ter acumulado também o título de único governante da Alemanha e da Boêmia. A vida inteira foi atropelado pelos concorrentes.

Em 1394, foi seqüestrado pelo próprio primo, Jobst, margrave da Morávia, e por John Jenstejn, arcebispo de Praga. Mais tarde, foi preso pelo próprio irmão, Sigismund, que o enviou à Áustria, país no qual o pobre rei destronado ficou cativo durante um bom tempo. Ao longo de toda a sua trajetória política, Venceslau sofreu a oposição da Igreja e da nobreza e viu neutralizadas todas as suas aspirações ao poder.

Entretanto, apesar de ter sido obrigado a deixar o governo nas mãos de uma junta de nobres seus aparentados; apesar de estar vivendo em estado de semiletargia política, de ócio alcoólico, de delírio; apesar de já ter sido desmoralizado, desacatado, reduzido a pó de monarca, Venceslau IV, o rei de coisa nenhuma, não poderia admitir que, roubado o poder, a Igreja também quisesse roubar o único prazer que ainda lhe restava na vida.

Venceslau nunca mais seria o mesmo depois daquela noite em que recebeu um enorme envelope, repleto de selos, fitas e outros salamaleques, e que continha apenas uma pequena mensagem, a marca-d'água do Vaticano e a assinatura do Papa.

Pausadamente, releu o decreto e, tão logo pensou em suas inevitáveis conseqüências, não conseguiu conter a sonora gargalhada.

Foi uma gargalhada real, daquelas que havia muito não ecoavam no velho castelo. Ele próprio se assustou com o rompante que nem mesmo a sua patológica timidez foi capaz de reprimir. Recomposto, tentou reler o comunicado e irrompeu em nova, mais potente, gargalhada.

Com a algazarra, empregados e cortesãos acordaram assustados, chegaram à porta de seus quartos, saíram pelos corredores do castelo e encontraram o seu rei completamente transtornado, ainda rindo às gargalhadas e fazendo um barulho dos diabos com o sino da cozinha.

Subitamente, em meio ao corre-corre, entre frases do tipo "o rei está maluco, chamem o médico da corte!", Venceslau se calou. O vozerio cedeu quase que instantaneamente. Suspense gótico. Todas as atenções se voltaram para aquele monarca fracassado, inesperadamente exaltado e, segundo lhes parecia, completamente ensandecido.

Venceslau fitou um por um os seus poucos vassalos, enxugou o suor da testa e leu em voz alta o comunicado papal que proibia — isso, sim, uma heresia! — os boêmios cristãos de fabricarem ou beberem cerveja.

Ao fim da leitura, foi a vez da corte irromper numa gargalhada fenomenal que fez tremer os alicerces do castelo. Em seguida, porém, sobreveio a indignação. E o tumulto generalizado. Os súditos se dividiam entre a reverência à Santa Igreja e o culto à sua beberagem predileta.

Foi então que, nesse instante sublime da história da humanidade, Venceslau teve o seu grande momento — e recuperou a majestade perdida. Dotado de inédita autoridade, exigiu silêncio, voltou a correr os olhos pela multidão e decretou, firme, seguro, como o líder que nunca fora:

— Eu, Venceslau IV, filho de Carlos IV, ex-imperador da Germânia, declaro guerra ao Vaticano!

A corte aplaudiu efusivamente.

— A Boêmia, e somente a Boêmia, continuará a fazer a melhor cerveja do mundo! — prosseguiu Venceslau. — E, daqui para a frente, todo aquele que for encontrado tentando contrabandear mudas de lúpulo para fora de nossos muros será sumariamente executado!

A multidão irrompeu num grito de júbilo.

— Tais disposições são irrevogáveis a não ser que o Papa mude de idéia.

Delírio total entre os boêmios.

Meses depois, ao cabo de uma intensa guerra diplomática, pressionado por Deus e o mundo, e certamente surpreso com a atitude do sempre cordato Venceslau, o Vaticano deu o braço a torcer e revogou a proibição.

III

Naquela noite do verão carioca de 1971, Armando Bandeira tinha muito com o que se preocupar. Contudo, apesar de ser um dos homens mais procurados do país, sua maior preocupação naquele momento era a absoluta impossibilidade de beber uma cerveja.

Bandeira estava na "geladeira" havia mais de um mês. Só podia chegar perto da janela durante a noite, com as luzes apagadas, mesmo assim mantendo alguma distância do parapeito. Ao caminhar, dizia o manual de guerrilha urbana, precisaria pisar de mansinho, para não chamar a atenção do vizinho de baixo, o qual deveria estar sempre certo de que o apartamento de cima estava desocupado. A comida era deixada à sua porta numa hora morta do dia e tinha que ser recolhida no mesmo instante. Cerveja era um capricho impossível.

Talvez fosse por isso que, além dos inevitáveis sonhos eróticos, Bandeira também começasse a ter sonhos etílicos, onde louras fenomenais vestindo biquínis minúsculos, recém-saídas do mar, se transformavam em imensas garrafas de cerveja gelada que Bandeira sorvia madrugada afora sem, entretanto, conseguir aplacar a sede.

A idéia lhe ocorreu naquela fatídica noite de verão e teria sido sumariamente descartada não fosse o tédio que já minava até mesmo as suas sólidas convicções revolucionárias.

Quando deu por si, estava com meio corpo para fora da janela. Pouco depois, via-se ganhando a marquise, se esgueirando como um gato pelo telhado do prédio vizinho e descendo pelo cano de uma caixa-d'água até os fundos de um terreno baldio. Perfeito! De alguma coisa lhe valera o curso em Cuba. Já no chão, limpou as roupas com as costas das mãos, ajeitou o cinto, bateu no bolso para confirmar se tinha dinheiro e ganhou a rua.

O bar estava vazio, dois ou três cachaceiros habituais, se tanto, e Bandeira tomava, extasiado, a segunda cerveja quando *eles* chegaram. Evidentemente eram policiais à paisana ou coisa pior, pois estavam acintosamente armados. As pernas de Bandeira bambearam quando um deles se aproximou, apoiou a submetralhadora sobre o balcão e perguntou:

— E aí, paisano, quanto foi o flaflu?

Ainda trêmulo, Bandeira ensaiou um tom popular e respondeu:

— Sei não, larguei do serviço ainda há pouco.

— Flamenguista? — perguntou o policial, com um ar de forçada intimidade.

— Não, sou comerciário — foi a resposta idiota que ocorreu a Bandeira no momento.

O policial sorriu, divertido, e chamou a atenção dos demais:

— Já ouviram essa?... — e repetiu o chiste involuntário.

Os outros também riram, e Bandeira sentiu-se um pouco mais aliviado. Foi quando um deles se virou e perguntou se Bandeira morava por perto. Novo pânico.

— Não, sou da Penha...

Satisfeitos com a resposta, mais interessados no jogo passado do que na caça a comunistas displicentes, os policiais deixaram Bandeira em paz, tomaram mais dois ou três tragos e, antes de saírem, condescendentes, também pagaram a conta do comerciário-gente-finapiadista.

Apesar de tudo dentro dele exigir a fuga imediata, o manual de guerrilha urbana encravado em algum lugar de seu cérebro dizia que deveria esperar mais alguns minutos antes de sair discretamente, sem levantar poeira. Voltar ao apartamento depois de ter sido visto por ali era impossível. Com que cara iria explicar a leviandade? "O que é isso, companheiro?", ouviria dos superiores, com certeza.

Já na rua, viu a confusão armada na frente de seu edifício: carros de polícia, policiais uniformizados e à paisana, muitas armas, e uma multidão de curiosos. Sua reação imediata foi fugir dali o mais rapidamente possível, mas, quando virou as costas e fez menção de pegar o primeiro táxi, sentiu uma mão pesada pousar sobre o seu ombro. Ao voltar-se, deu com um dos agentes que encontrara no bar.

Pânico total. O que dizia o manual a respeito de uma situação como aquela? O policial percebeu a confusão de Bandeira e disse, amistoso:

— Não é nada, não, fica frio. Já está tudo sob controle. Acabamos de invadir um aparelho subversivo neste prédio.

E concluiu:

— Denúncia...

Bandeira suspirou aliviado, esperou o policial se afastar e, antes de sumir no mundo, certo de que a sorte estava definitivamente do seu lado, ainda teve sangue-frio de voltar ao mesmo bar onde estivera antes e pedir, sem se preocupar em ser discreto:

— Aí, português! Salta uma loura inteligentemente resfriada!

JUSTIÇA

Conversavam num bar de beira de praia, em algum lugar do litoral fluminense.

— E Joana? — perguntou o pescador.

— Mal, a pobrezinha... — respondeu o farmacêutico.

— Pegaram o tal tarado?

— Não. E, cá entre nós, acho que não pegam nunca mais.

— Se você pusesse as mãos no sujeito que estuprou a sua neta, fazia o quê?

— Matava o maldito a porradas — respondeu o farmacêutico.

— Matar é pouco. Matar é nada...

A conversa morreu apenas o tempo de outra talagada.

— Conhece aquele senhor que passou por aqui ainda há pouco? — perguntou o pescador.

— Dr. Freire? E como não haveria de conhecer? Foi ele quem cuidou da Joaninha no dia da desgraça...

O pescador mirou o farmacêutico com um sorriso irônico:

— Olha, ô botica, eu vou lhe contar uma coisa muito séria. Em verdade, não devia dizer nada. Mas, sabendo do que aconteceu com a sua neta, da raiva com que você anda, tenho certeza de que o segredo vai ficar bem guardado. Talvez você até goste da história.

O pescador passou a falar em surdina, e o farmacêutico teve que se inclinar no balcão para ouvi-lo.

— Dr. Freire gosta de pescaria...

— Sim, e eu com isso? — sussurrou o farmacêutico, incomodado com o bafo do pescador.

— Calma. Escuta. Durante muitos anos, todo santo domingo o doutor pescava comigo lá na Laje do Bate-Pronto. Trazia cerveja, tira-gostos, pagava o *diesel*... Pescava muito mal, mas era bom papo.

— Papo? — espantou-se o farmacêutico.

— Pois é. O amigo sabe que, quando pesco, eu não gosto de tagarela ao meu lado. Mas, no caso do doutor, eu perdoava. Sujeito de conversa saborosa, tinha sempre um caso, uma trova, uma piada... Certo domingo, há coisa de ano e meio, o doutor apareceu no cais, madrugada ainda, bem mais cedo do que costumava chegar. Além do isopor de comes e bebes, carregava a tiracolo uma mochila militar. Ao entrar no barco, jogou a mochila num canto, abriu o isopor, tirou uma garrafa de uísque e disse: "Hoje vamos comemorar!" Não é preciso dizer que matamos a bicha antes de chegarmos ao Bate-Pronto.

O pescador acendeu a guimba de um cigarro de palha que trazia atrás da orelha e prosseguiu:

— Pescamos nada até perto do meio-dia, quando o doutor abriu novamente o isopor e tirou de lá um farnel porreta, com galinha defumada, salada de maionese, farofa de miúdos, arroz e um feijão mineirinho feito aqui mesmo, no bar do seu Manoel. Durante o almoço, o doutor fez uns tantos brindes, contou piadas e soltou várias daquelas suas gargalhadas de espantar tubarão.

O pescador riu-se como se revivesse a cena.

— É claro que, com tanta algazarra, não havia nem mais baiacu nas redondezas — prosseguiu. — Mas também estava na cara que o doutor não estava a fim de pescar naquele dia. Dito e feito: após a sobremesa, o doutor voltou-se para mim e disse, assim como quem não quer nada: "Hoje vou pedir para você voltar por um caminho diferente, lá pela Ponta dos Jesuítas, onde tenho uns assuntos..."

O farmacêutico, que já estava se desinteressando da história, soltou um demorado bocejo.

— Não era dia nem hora para a extravagância. O mar estava mexido, e tínhamos, se tanto, umas três horas de sol. A lua nova também não facilitaria as coisas, e, não fosse o doutor um sujeito batuta, eu tinha inventado qualquer enguiço na máquina. "A caminho, vou contar uma história", prosseguiu o doutor enquanto eu recolhia as linhas. "Quero que você a escute com bastante atenção. Ao chegar na Ponta dos Jesuítas, vou lhe fazer uma pergunta muito séria."

O dono do bar aproximou-se e avisou que estavam

prestes a fechar, mas o pescador mandou-o à merda e, de quebra, ainda exigiu a saideira.

— A história te conto agora, do meu jeito, que não tenho a lábia do doutor. Mas escuta que o caso é um "causo" dos bons e, mesmo mal contado, vale mais duas brancas — e apontou para o dono do bar, que chegava com a cachaça.

— O doutor não é do Rio, como todo mundo pensa. É de São Paulo. Também não aparenta a idade que tem. Pelos meus cálculos, deve estar além dos sessenta, apesar da cabeleira e do corpo atlético. Outra boa: quando jovem, o doutor não era cirurgião. Nos idos de cinqüenta e poucos, o doutor era engenheiro, bom engenheiro civil, profissional de renome. Casado, tinha uma filha de dez anos. A esposa, Cláudia, se não me engano, era loura, filha de italianos, rosto de santa que entrevi na foto amarelada que o doutor tirou da carteira. A filha, Estela, muito sorridente ao lado da mãe, cabelos encaracolados, anjo de delicadeza.

O pescador voltou a acender o cigarro e prosseguiu:

— Vida deles, o normal de gente bem-casada: casarão, carro importado, festa de fim de ano no colégio da menina... Aliás, tudo aconteceu mesmo foi no dia da festa de fim de ano do colégio da menina. Estela faria a Chapeuzinho Vermelho, papel principal do enredo, primeira aluna que era. Estavam todos em casa, rebuliço de pôr fantasia, mamãe-dá-cá-o-meu-laço, ansiedades da pequena estrela.

O farmacêutico bocejou novamente.

— Mas a vida tem muitas caras, amigo botica. Uma

hora você está aqui, na outra já não está mais. Existe coisa mais frágil do que a paz de uma família de bem? O bandido entrou pela janela da cozinha. Quando o doutor viu, já era tarde.

O pescador aproveitou o espanto do farmacêutico para sorver outra talagada de cachaça.

— Vou poupar o amigo da descrição do que fez o bandido com a família do doutor. Digo apenas que ele fez tudo aquilo que você imagina e outras coisas que a sua mente simples de homem direito não poderia alcançar. Crueldade maior, porém, foi não ter acabado também com o doutor, que a tudo assistiu amarrado na cadeira da sala, impotente como uma tartaruga emborcada.

O farmacêutico fez menção de perguntar alguma coisa mas foi interrompido pelo pescador:

— A mulher ainda agonizou algum tempo no hospital. Mas a menina não resistiu e morreu antes de chegarem as ambulâncias. Daí é de se imaginar o estado em que ficou o doutor. O psicopata foi preso em flagrante um ano depois, enquanto barbarizava outra família, desta vez num bairro chique do Rio de Janeiro. Levado a julgamento, pegou quarenta e dois anos de cadeia, vitória para os advogados de defesa. O caso ficou conhecido no país inteiro.

O farmacêutico puxou pela memória mas não conseguiu se lembrar do crime famoso.

— A imprensa caiu de pau em cima do juiz — prosseguiu o pescador. — Mas logo veio outro caso ainda mais escabroso, e o assunto acabou esquecido.

Mais irritado do que na vez anterior, o dono do bar voltou a reclamar. Mas acabou sendo obrigado a servir outra saideira, desta vez por conta da casa.

— Durante muito tempo, o doutor não disse "ai" nem "ui". Internado numa clínica de repouso, emagreceu, esmoreceu, encarquilhou. Quase bateu as botas de tristeza. Também nesse período morreram-lhe a mãe e a tia única. O doutor ficou sozinho no mundo. Tinha dinheiro, muito dinheiro, mas não tinha mais vontade de viver.

Neste momento, ouviu-se o canto de um galo e, pouco depois, a mulher do dono do bar emitiu um sonoro palavrão pela janela da cozinha.

— Somente um ano depois da tragédia, o doutor recuperou a fala, um pouco da saúde perdida, e pôde deixar o hospital. Logo em seguida, vendeu as propriedades herdadas, a casa no Morumbi onde se dera a desgraça, e visitou pela última vez o jazigo da família. Depois, sem se despedir dos amigos, mudou-se para o Rio de Janeiro.

O pescador verteu parte da cachaça para o santo e ingeriu de uma vez o que restara no copo.

— O curso de medicina foi o que trouxe o doutor de volta à vida. Apesar da idade, já tinha lá os seus trinta e tantos anos, o doutor dedicou-se aos estudos com a vontade de um jovem calouro. A determinação com que estudava era a mesma com que se recusava a falar do passado. Ainda assim, era admirado pelos colegas de turma, que viam nele um ídolo, um cara que, apesar de tudo, tinha a grandeza de dar a volta por cima e ainda oferecer a outra face.

O farmacêutico assentiu com um gesto.

— Após a formatura e alguns cursos de especialização no exterior, o doutor tinha tudo para abrir um consultório bacana na Zona Sul. Em vez disso, preferiu candidatar-se a uma vaga de cirurgião de plantão num hospital do governo num subúrbio do Rio. Sabe lá o que é isso?

O farmacêutico gesticulou para que o pescador prosseguisse.

— O doutor serviu ali durante anos, incansável. Sua rotina era de quatro horas de sono, breve pausa para lanche seguida de trabalho ininterrupto até o próximo descanso. Não recusava caso, escabroso que fosse, de tal forma que, sempre que chegava alguém muito despedaçado, a recepcionista logo chamava o Dr. Freire pelo microfone. O doutor só folgava uma segunda-feira por mês, dia que reservava para colocar a vida em ordem.

O pescador coçou o nariz, esticou um olho gordo para o copo do farmacêutico, e continuou:

— Nessa época, o doutor já havia comprado a fazendinha do córrego e começava a construir a casa nova e o galpão dos fundos, que, inclusive, eu ajudei a levantar. Ele chegava pela manhã, trabalhava o dia inteiro e depois pegava o jipe de volta para o Rio. Mês seguinte, a mesma coisa.

O dono do bar despejou um balde de água no piso da varanda, mas a essa altura o farmacêutico estava tão atento à história que nem se deu ao trabalho de levantar os pés.

— Enquanto o doutor se aprumava na vida, o canalha mofava na cadeia. Nada mais justo, certo? Errado. Para você ver como são as coisas: o bandido acabou solto menos de vinte anos depois de preso. Tinha, então, os seus quarenta e poucos, a vida inteira pela frente apesar dos tantos crimes cometidos no passado.

O farmacêutico meneou a cabeça, desiludido.

— Mas o canalha não ficou muito tempo nas ruas — continuou o pescador em meio a um sorriso sardônico. — Algumas semanas depois, os documentos dele foram encontrados no bolso de um cadáver em adiantado estado de decomposição, desovado num matagal da Baixada. Fosse no cinema, certamente o doutor receberia a visita de um detetive da polícia que lhe faria perguntas e perguntas. Havia, afinal, a possibilidade dele ter culpa no cartório. Mas estamos onde estamos, e, afora a foto publicada sob a manchete "ESTUPRADOR RIPADO", num jornaleco de terceira, ninguém obrigou o doutor a relembrar a tragédia.

O galo voltou a cantar.

— Pouco depois da morte do bandido, isso lá pelos idos de 74, o doutor abandonou o trabalho no hospital e veio definitivamente aqui para Praia Rasa. Vez por outra, atendia casos, visitava um ou outro doente. O mais do tempo, porém, cuidava da casa, da horta, dos bichos. Parecia haver encontrado a paz de sua idade madura. Foi também por essa época que começamos a pescar juntos.

O pescador fez um gesto pedindo que o farmacêutico se aproximasse, olhou em volta como para verificar se não estavam sendo observados e disse:

— Agora, assim, a seco. Conto tudo, de uma só vez. O doutor não é esse amor de pessoa que a gente pensa que é. Outra: o cadáver encontrado não era o do bandido desaparecido. Para falar a verdade, àquela altura o bandido ainda estava bem vivo. Ou quase isso...

O farmacêutico arregalou os olhos e se inclinou sobre a mesa para melhor ouvir o pescador.

— Todo mundo sabe que o doutor tem um pequeno ambulatório no galpão nos fundos de casa, lugar onde atende as emergências aqui da comunidade. Afinal, quem não se lembra do foguetório de inauguração do Centro Médico Comunitário Dr. Sérgio de Almeida Freire no ano passado? Foi, de fato, uma festa de arromba. O que ninguém sabe é que aquele centro médico é uma instalação bem mais antiga...

O dono do bar fechou a porta de ferro até a metade e lançou um olhar de ódio para a mesa onde estavam os dois.

— O doutor começou a sua vingança amputando a língua e as duas pernas do "paciente". Em seguida, foram-se os braços e os olhos. Tirou tudo o que podia, se é que me entende. Só não mexeu nos ouvidos porque a surdez total só poderia ser obtida através de uma delicada microcirurgia cerebral, usando aparelhos que ele não tinha na época.

O farmacêutico balançou a cabeça de um lado para o outro, como se não quisesse acreditar no que ouvia. Aproveitando-se do descuido, o pescador roubou-lhe o copo de cachaça.

— O doutor cuidou de seu homem-tronco como

uma mãe de um filho incapacitado. Alimentava-o com a sonda e tratava de sua higiene corporal diária. Checava-lhe os batimentos cardíacos, a temperatura e as ondas cerebrais em intervalos regulares. O galpão era vigiado dia e noite através de um sistema fechado de tevê. A obsessão do doutor pela boa saúde de sua vítima chegou ao extremo dele mesmo inventar um dispositivo mecânico para virá-lo na cama a cada duas horas. Isso, disse-me ele, para evitar as escaras, que podem ser fatais.

Somente então o farmacêutico se deu conta de que o pescador lhe roubara o copo. Mas não se animou a protestar.

— A essa altura da conversa, estávamos chegando à Ponta dos Jesuítas. Seguindo a orientação do doutor, fundeei e voltei para ouvir o resto da história. "Meu paciente morreu ontem pela manhã", disse o doutor. "Apesar de tantos cuidados, não resistiu a vinte e cinco anos de tratamento intensivo. Ainda assim, creio que bati algum tipo de recorde." O doutor cambaleou até a proa e abriu a mochila de campanha que estava jogada ali desde manhã cedo. "Eis o que restou do desgraçado."

O pescador cuspiu de lado e disse:

— Vi de tudo nesta vida. Já vi muito corpo de afogado comido pelos peixes. Mas nunca vi nada mais terrível do que aquele pedaço de gente que o doutor segurava pelos cabelos. Disse gente? Parecia mais era um porco gordo, tronco roliço terminando em quatro cotocos, o pouco que restou de seus membros amputados. Media pouco mais de um metro e parecia muito leve, quase oco. A expressão do rosto, porém, era humana, humaníssima, apesar do vazio dos olhos. Refletia um desamparo, um desespero tão grande que ainda hoje tenho pesadelos. Ninguém poderia imaginar que aquela criatura miserável tivesse sido um facínora algum dia.

— E a pergunta, homem de Deus! — interrompeu o farmacêutico. — Que diabo de pergunta o doutor queria fazer a você?

O pescador tomou a última talagada e enxugou a boca com a manga da camisa.

— Pois é. Então o doutor voltou a meter o cotoco dentro da mochila e amarrou a mochila com um par de cinturões de mergulho. Daí chegou à borda do barco, voltou-se para mim e perguntou: "O que é que eu estou fazendo aqui, agora, neste momento?" Seus olhos estavam de meter medo.

O galo cantou novamente. A mulher do dono do bar pôs a cabeça para fora da janela da cozinha e disse que iria chamar a polícia caso os dois não fossem embora imediatamente.

— A primeira coisa que me ocorreu dizer foi: "O senhor está atirando o cadáver de um homem-tronco ao mar." Mas não tive coragem. Sinceramente, eu estava apavorado. Sabe lá do que um sujeito desses é capaz? O doutor voltou a repetir a pergunta, desta vez com um ódio, uma gana na voz que quase me joguei do barco e voltei a nado para casa. Mas eu precisava dizer alguma coisa, qualquer coisa. Daí eu pensei, pensei e, finalmente, num fio de voz, disse assim: "Justiça! O doutor está fazendo justiça!" E ele muito se alegrou com a minha resposta.

O farmacêutico suspirou aliviado.

— O barulho do fardo caindo no mar foi abafado pelas marolas que arrebentavam contra o casco. O doutor ficou ainda um tempo apoiado à borda, como se quisesse se certificar de que a mochila havia mesmo afundado. Em seguida, fez sinal para rodar o motor e recolheu-se à coberta. Não trocamos palavra durante a viagem de volta. Também nunca mais voltamos a sair para pescar.

ENTREVISTA COM UM ALIENÍGENA

"Apsilocina, substância em que a psilocibina se transforma assim que entra em nosso metabolismo, é 4-hidroxidimetiltriptamina. Trata-se do único indol com quatro substituições em toda a natureza orgânica. Pensem um pouco nisso. É o único indol que se conhece na Terra com quatro substituições. Acontece que a psilocibina é a substância alucinógena que ocorre em cerca de oitenta espécies de cogumelos, a maioria das quais é nativa do Novo Mundo. A psilocibina tem uma característica única que nos diz: 'Sou artificial; vim do espaço.' Sugeri que se tratava de um gene — um gene artificial — transmitido talvez por um vírus espacial ou algo que foi trazido artificialmente para este planeta, e que esse vírus insinuou-se na constituição genética desses cogumelos." — *Terence McKenna*

Em vez da total estranheza, a curiosa sensação de *déjà vu*.

— Não o conheço de algum lugar?

Ao que me respondeu:

— É provável. Estou neste planeta já faz um bocado de tempo. Mas você também não me é estranho.

Olhou-me no fundo dos olhos, por dentro dos ossos, através da alma, e disse:

— Você era um macaco engraçado...

Tentei manter o olhar mas não resisti por muito tempo.

— Quer dizer que você é extraterrestre? — perguntei por fim.

— E quem não é?

Foi a minha vez de sorrir.

— Mas não é a isso que me refiro. Dizem que você de fato veio de fora. E que não faz muito tempo.

— Em termos geológicos foi realmente um piscar de olhos.

Ergui uma sobrancelha como para dizer que não estava satisfeito com a resposta.

— Tudo bem — disse por fim. — Sou um alienígena em seu planeta. É tudo o que quer saber?

— Claro que não. Diga-me, como fez para atravessar o espaço cósmico?

— Da única maneira possível: com tempo. Muito tempo. Para você ter uma idéia, embora eu esteja na Terra já há muitos milhões de anos, isto não representa sequer uma ínfima fração do tempo que levei para chegar até aqui.

— Você não me parece alienígena.

De fato, à primeira vista, o jovem com quem eu conversava parecia uma criatura extremamente comum. Era moreno, cor de jambo maduro, os olhos amendoados e o nariz adunco característico de todo nativo americano. Tinha mãos calejadas de camponês, unhas ainda sujas de terra. Trajava um poncho encardido e andava de pés no chão.

— Compreendo. Você esperava um baixinho verde e enrugado, com dedos enormes com lâmpadas fluorescentes nas extremidades, não é mesmo?

E, voltando-se para mim com o indicador esticado, gemeu:

— *E.T. phone home!*

Ri-me da piada mas o dedo de fato brilhou durante alguns segundos — uma luz esverdeada, como a dos vaga-lumes —, de modo que logo me lembrei com quem estava falando e recuperei o tom profissional.

— De onde mesmo você disse que vinha?

— Eu não disse.

— E de onde veio, então?

Ele me olhou com serenidade e respondeu:

— A pergunta não está bem formulada. O que é compreensível. Temos aqui um problema semântico incontornável. Um paradoxo. Fosse num livro, o autor certamente seria obrigado a acrescentar uma gigantesca nota de pé de página a essa altura do diálogo. O problema é que a nota teria que ser do tamanho de uma enciclopédia, o que inviabilizaria a obra...

— Vamos lá, seja bonzinho; em resumo: o que diria esse gigantesco pé de página?

— Que a frase "de onde você veio" é uma pergunta mal formulada, incompleta e limitada porque foi feita numa determinada dimensão, num determinado planeta, por um determinado organismo de base carbono que ainda não sabe muito bem o que está acontecendo à sua volta.

Mirei-o com desagrado.

— Mas, apenas para satisfazer esta sua obsessão espaço-temporal, posso lhe dizer que o meu lugar de origem, o planeta onde há muitos e muitos *aeons* comecei a minha longa viagem, fica numa galáxia muito distante daqui...

— Outra galáxia? Meu Deus!

— ...e que tal informação é tão inútil quanto dizer que brotou uma verruga enorme nas costas de uma égua de Dom Suarez hoje cedo pela manhã.

E acrescentou, zombeteiro:

— Feia a verruga, precisa só ver.

Sorri novamente. Era espirituoso o extraterrestre.

— E o que o fez sair de seu planeta de origem e empreender uma viagem tão longa?

Neste momento, ele desapareceu diante de meus olhos, tão misteriosamente quanto houvera aparecido. Mas ainda pude ouvi-lo dizer:

— Olhe e veja.

Obedeci. Ou tentei obedecer.

A princípio, ofuscado pela luz da fogueira, nada vi além do breu da noite e, mais ao longe, a fraca luz do lampião do acampamento. Logo a seguir, ouvi o ruído de um zíper sendo aberto e vi alguém projetar meio corpo para fora de uma das tendas.

Sofia, a moça que cuidava das medições radiocarbônicas naquela escavação, acenou, me chamando para que eu me juntasse a ela. Parecia tentador e acenei de volta, indicando que já estava a caminho. Ela chamou novamente mas, depois de algum tempo de espera, fez um gesto debochado, como se quisesse dizer que eu era um caso perdido. Em seguida, apagou o lampião e voltou a entrar na barraca.

— Concentre-se — disse o extraterrestre.

Novamente corri os olhos pelo breu ao redor. Nada ocorria. A fogueira hipnótica e obliterante me estava roubando o melhor da festa. Daí que apaguei a fogueira, deitei-me de costas sobre o chão de terra e olhei para o céu muito estrelado da floresta guatemalteca. Estrelas. Estrelas. Estrelas. Miríades de estrelas resplandecentes.

Foi quando voltei a ouvir a voz:

— Não sou um ser vivo. Não sou um indivíduo. Mas também não sou um deus, nem uma máquina e nem um daqueles extraterrestres invasores de corpos que povoam a imaginação dos seres humanos de hoje em dia. Digamos que, em um primeiro momento, fui um tipo de vírus.

Uma estrela cadente atravessou de forma espetacular a densa atmosfera da Zona Tórrida. Uma gota de suor escorreu pela testa até atingir a minha sobrancelha.

— Não um vírus do modo como vocês entendem um vírus e sim um vírus pré-programado, altamente sofisticado, um engenho de uma cultura que lidava com algo que, de um modo muito grosseiro, poderíamos chamar de "bioeletrônica".

E, ao notar o meu olhar subitamente assustado, acrescentou:

— Hoje já não sou mais um vírus, embora tenha estado bem ativo na Terra há milhões de anos.

— Fazendo o quê?

— Procurando espécimes para infectar.

Não pude conter a ironia:

— Como uma maldita gripe?

— Isso. Como uma maldita gripe.

— E para quê?

— A minha primeira missão aqui, já há muito realizada, foi a de infectar e, deste modo, produzir certas alterações bioquímicas em algumas espécies primitivas de sua flora nativa. Naquele tempo, ainda não havia sombra de vida inteligente sobre a face da Terra, mas eu era paciente e aproveitei o tempo livre aperfeiçoando os genes dessas espécies vegetais que escolhi como hospedeiras.

— E que espécies eram essas?

— Inúmeras, a maioria extinta antes do advento da humanidade. Das espécies que restaram, as mais conhecidas atualmente são certos tipos de fungos, cactos, heras e cipós, estes últimos também em via de extinção.

E acrescentou:

— Uma curiosidade para quem gosta de irrelevâncias: por uma incrível coincidência, muitas das espécies de fungos que infectei com sucesso também eram extraterrestres e estavam aqui havia muito mais tempo do que eu!

Recusei-me a acreditar no que ouvira e resolvi mudar de assunto:

— Imagino que você tenha esperado muito até o surgimento do Homem.

— Ah, sim. Muito mesmo. Nesse tempo, porém, tive contatos interessantíssimos com outras espécies, sob certos aspectos até mais inteligentes do que vocês, hoje infelizmente extintas. Os neandertalenses, por exemplo, eram criaturas com um imenso potencial evolutivo.

— O que realmente aconteceu com eles?

— Foram literalmente devorados por vocês, humanos.

— Recapitulando: então você chegou a este mundo como um vírus extraterrestre com a missão de alterar...

— Aperfeiçoar.

— ...alterar os genes de algumas espécies vegetais nativas enquanto esperava o advento de formas de vida mais sofisticadas. Para quê? Pretendia migrar para os corpos dessas novas formas de vida quando fosse oportuno?

Ouvi-o gargalhar gostosamente.

— De modo algum! Pretendia apenas me comunicar com elas.

E, após uma pausa, concluiu:

— Porque foi para isso que fui enviado ao espaço.

— Não compreendo. Aliás, não compreendo como foi possível que você atravessasse as distâncias incalculáveis entre duas galáxias...

— Três.

— ...três galáxias, e chegasse aqui ainda capaz de cumprir a sua missão. Como fez, ou o que os seus criadores fizeram para que isso fosse possível?

— Ora, vamos. Certos vírus são virtualmente imortais. Em estado latente, podem suportar bilhões de anos no frio e no vácuo absoluto. Em realidade, certos vírus conservam-se melhor no espaço do que na superfície de um planeta como a Terra. Se há alguma coisa que pode se dar ao luxo de atravessar as imensidões do cosmo e chegar ativa no outro lado, essa coisa certamente é um vírus ou, quando muito, um esporo de fungo...

— Então, é adeus aos discos-voadores!

— Eram uma ficção muito interessante. Mas jamais teriam dado certo, na prática.

— E por que não?

— Porque não há outra maneira de se viajar no espaço cósmico senão tendo muito tempo a perder.

Continuava sem entender muito bem a lógica da coisa, mas desta vez deixei-o prosseguir sem interrupções.

— Imagine-se uma criatura inteligente num planeta qualquer, em qualquer parte do universo. Imagine-se tão inteligente quanto desejoso de conhecer outros planetas, outros povos e civilizações, ansioso por compartilhar o seu conhecimento com as demais criaturas do cosmo.

"Por ser tão inteligente, você nem mesmo tenta construir naves espaciais para realizar os seus intentos, por saber de antemão que seriam tentativas fadadas ao fracasso.

"Num certo momento de otimismo exagerado, lá no começo de sua trajetória, chega a criar máquinas espetaculares que se reproduzem a si próprias usando as matérias-primas encontradas nos planetas e estrelas por onde passam — o que, então, parecia ser uma boa alternativa para atacar o problema das viagens interestelares com mínimas chance de sucesso.

"Infelizmente, justamente por serem tão inteligentes e tão auto-suficientes, não tardou até que essas naves robotizadas assumissem vontade própria, rebelando-se contra os seus criadores e sumindo universo afora.

"Definitivamente, a solução não estava na tecnologia. Não naquele tipo de macrotecnologia. Já a genética e a bioeletrônica sinalizavam com alternativas mais plausíveis. De fato, o progresso neste sentido foi bem rápido e, alguns milênios mais tarde, finalmente foi possível criar algo como aquilo que eu fui no momento em que iniciei a minha longa viagem pelo espaço intergaláctico: um grânulo invisível a olho nu, pesando não mais do que um picograma, e contendo milhões de vírus artificiais, geneticamente trabalhados em laboratório. É claro que não fui o único. Assim como eu, foram espalhados bilhões de grânulos semelhantes, a maioria fadada a jamais encontrar terreno fértil para darem seguimento ao programa.

— Uma coisa ainda me intriga — disse eu. — Por que, uma vez aqui, foi preciso usar vegetais como intermediários neste contato com outras espécies mais evoluídas?

— Veja bem: não havia possibilidade de carregar *todo* o programa no vírus matricial. Se isso fosse necessário, ele deixaria de ter um tamanho e um peso que viabilizassem o projeto. Bastava apenas que esse vírus fosse capaz de alterar uma forma de vida primária de base carbono de modo a fazê-la produzir certas substâncias as quais, assimiladas pelo cérebro de uma criatura superior, a tornariam capaz de decodificar a informação que queríamos transmitir.

— Nessa eu boiei completamente. Onde estava armazenada toda essa informação?

— Como vírus, eu nada sabia além de como alterar uma espécie vegetal para que ela desse início a um programa muito complexo. A natureza se encarregou do resto. Penso ser desnecessário dizer que ADN é informação. Muita informação. Mais informação do que você pode imaginar. Pode-se usar a cadeia do ADN não apenas para guardar as informações que compõem o genoma de uma determinada espécie, como também para registrar informação pura: som, imagem, idéias etc.

"Era a única maneira de preservar a imensa experiência cultural da civilização que represento, uma espécie com mais de cem mil anos de história conhecida. Da mesma forma, era o único meio de estabelecer um diálogo produtivo, prolongado e consistente com seres de outros planetas...

— Tudo bem. Suponho que eu compreenda vagamente o que você diz. Mas ainda não tenho uma idéia muito clara a respeito do que, ou de quem, é você. Como disse a princípio, não é um indivíduo, não é um deus, não é uma máquina... Quem é você, afinal de contas?

— Em seu idioma existe um termo que talvez ajude a definir o que sou: "avatar". Não no sentido literal da palavra, que quer dizer "reencarnação de um deus", e sim num sentido mais laico, querendo dizer "reencarnação das memórias e, principalmente, das *idéias* de bilhões e bilhões de indivíduos geniais, desaparecidos *aeons* antes de eu chegar à Terra...

— Neste caso, então, não há diálogo — interrompi. — Se estão mortos...

— Não! — rebateu ele com certa veemência. — Não disse que estão mortos! Eu e outros como eu nos encarregamos de preservar a sua existência, as imagens de suas cidades, sua música, sua história, seu modo de vida, suas paixões, suas obras de arte, suas vidas particulares... No momento em que estou ativo em seu cérebro, é como se todos aqueles a quem represento voltassem à vida, para compartilhar conhecimentos, idéias, memórias e sensações muito antigas, dando conta de um modesto capítulo da breve saga da vida no universo.

Fez uma pausa mas disse a seguir:

— Para celebrarmos juntos a vitória da consciência contra o tempo; do espírito sobre a matéria.

Parecia tentador. Extremamente tentador.

— Muito bem — disse eu, rendendo-me aos argumentos. — E o que tem para me mostrar, agora?

— Olhe e veja — repetiu.

Então eu olhei e vi.

AMBULANTE

— Boa noite, senhoras e senhores passageiros. Me desculpem incomodar o sossego da viagem de vocês, mas estou aqui para oferecer, na promoção, balas de iogurte importadas da Argentina. Se vocês fossem comprar essas balas nos bares e supermercados, pagariam pelo menos um real, um real e vinte, por baixo, isso sendo um supermercado barateiro, porque já vi a um e oitenta em diversas casas do ramo. Mas aqui, na minha mão, nesta superpromoção de inverno, vocês vão pagar apenas cinqüenta centavos o pacote. Quem levar dois pacotes paga apenas oitenta centavos e ainda ganha, de brinde, três balas extras para ir experimentando no caminho.

(...)

— Vejam bem, senhoras e senhores passageiros, que esta é uma promoção por tempo limitado que vai fazer a alegria da garotada. São deliciosas balas argentinas de iogurte a preço de fábrica e incríveis facilidades de pagamento. Aceito vale-transporte, tíquete-refeição, tíquete-supermercado, bem como vales metrô-ônibus — desde que sejam da Integração Pavuna, que moro longe pra cacete e o preço da passagem está um absurdo.

(...)

— Tudo bem, tudo bem. Balas de iogurte podem ser um *must* na Argentina mas não são do agrado do público brasileiro. Compreendo. Eu mesmo não sou muito chegado. Justamente por isso, trago também as tradicionais balas Juquinha, as artesanais puxa-puxa, as serelepes azedinhas de tamarindo, e um sortimento de todas as marcas de balas de mel fabricadas no mundo — que são legião. Também tenho balas de hortelã, balas de menta, balas de café, balas de alcaçuz, balas de caramelo, balas de viquevaporube, balas de coca-cola, balas sem açúcar e sem colesterol, balas de todos os tipos de frutas, de todos os tipos de verduras e hortaliças. Tudo isso, é claro, na mesma promoção já anunciada de cinqüenta centavos o pacote, oitenta o par e mais três balas grátis, satisfação garantida ou o seu dinheiro de volta.

(...)

— Vejam bem, senhoras e senhores, que estou aqui trabalhando honestamente, tentando ganhar o pão de cada dia com o suor do meu rosto, tarefa na qual, como vêem, não tenho sido muito bem-sucedido. Contudo, não estou na rua roubando dos outros, motivo pelo qual peço a vossa compreensão e imploro que comprem as minhas balas, que as tenho de todas as marcas, tipos e variedades. Mais que isso! Tenho balas com sabores mágicos, raros e inebriantes. (Será que entrevejo um lampejo de interesse em seus olhos?) Tenho balas que sabem a noites arábicas embaladas pelo vento morno que sopra sobre as dunas do Saara; balas com o frescor de manhãs primaveris no Círculo Ártico; balas com o gosto de amores furtivos em senzalas baianas, balas com o sabor dos sovacos de *top models* e atrizes hollywoodianas, enfim, tenho balas para cacete, todas é claro na estupenda oferta de cinqüenta centavos o pacote mais três balas extras para quem quiser levar a oferta de dois pacotes a oitenta míseros centavos.

(...)

— Volto a frisar o fato de eu não estar na rua assaltando gente indefesa, e sim tentando ganhar a vida de um modo ineficaz, embora honesto. Vejam, senhoras e senhores, a espetacular promoção de balas de iogurte argentino a cinqüenta centavos o pacote, oitenta centavos o par e mais três balas de brinde para você ir experimentando pelo caminho... Vejam a imensa varieda...

(...)

— Na ausência de qualquer manifestação de interesse pelo produto que aqui vos trago (e que, embora não seja produto de primeira necessidade, ao menos é doce, bom e barato); na evidência de vosso desprezo por minha atividade mercantil (nem tão rentável, verdade, mas sincera e honesta, ao menos até o momento), não me resta escolha senão apontar esta arma para vocês (vejam bem, senhores passageiros, é uma Magnum 45 com balas de aço capazes de despedaçar um corpo humano onde quer que o atinjam) e anunciar, alto e bom som, que isto é um assalto.

(!!!)

— É isso aí. É bom ir passando a grana.

(!!!!!!)

— E quem chiar leva bala, falou?

UMA ESCADA PARA O CÉU

A torre erguia-se solitária na extensa planície à beira-mar. Ao longe, no outro extremo da linha costeira, havia uma vila de pescadores e, no lado oposto, sobre os rochedos, um forte colonial arruinado. Mas o forte era feito de pedras toscas, amontoadas por índios escravos, e as casas da vila não passavam de barracos de pau-a-pique cobertos com folhas de palmeira. A torre, com as suas veias de ferro, suas tantas toneladas de cimento, mármore, alumínio e vidro, era a única estrutura de concreto num raio de muitos quilômetros e reinava absoluta na paisagem.

Raquel não sabia ao certo quantos pavimentos tinha a torre onde morava. O que sabia era que havia diferentes colunas de elevadores e que, a cada vinte andares, os passageiros eram obrigados a desembarcar, atravessar um amplo saguão, subir uma escada rolante e tomar outro elevador para prosseguir edifício acima.

Ela morava no vigésimo primeiro piso e, por isso, era obrigada à rotina elevador-saguão-escada-rolante-elevador apenas para subir mais um andar. Geralmente, o segundo elevador demorava-se além do razoável, o que a obrigava a usar a escada de serviço para chegar em casa mais rapidamente. Havia, é claro, um elevador panorâmico que percorria toda a torre. Mas era muito lento, e Raquel nunca teve paciência de usá-lo para subir até o seu andar.

Afora este pequeno inconveniente, ela adorava o novo endereço. Vivia em um apartamento amplo, com duas salas, quatro quartos, copa, cozinha, biblioteca e adega. Os móveis e os tapetes, comprados em seletos antiquários, davam ao ambiente muito claro o toque clássico que cabe ao lar de uma mulher solteira, bem-sucedida profissionalmente e de muito, muito bom gosto.

Logo que se mudou para lá, Raquel tinha que dirigir mais de uma hora para chegar ao estúdio onde trabalhava, no centro da cidade. Quando foi inaugurada a via expressa, esse tempo caiu pela metade, mas, ainda assim, era uma viagem cansativa, principalmente depois que começaram os engarrafamentos. Mas tudo isso era compensado pelo prazer de chegar em casa, tirar os sapatos e escarrapachar-se na rede da varanda. Pouco havia no mundo que se comparasse em beleza a um pôr-do-sol visto da varanda do apartamento de Raquel.

A paisagem era espetacular. Até onde a vista alcançava, imperava o Atlântico, em seus dias e humores. Chegando-se ao parapeito, divisavam-se a praia extensa, de areias pontilhadas de vegetação rasteira, e, ao longe, imerso em brumas, o forte sobre os rochedos. As gaivotas planavam a poucos metros das janelas, e as noites eram embaladas pelos ventos marinhos e pelo rumor das ondas na arrebentação.

A torre era uma comunidade fechada. A maioria dos moradores trabalhava em escritórios e em lojas comerciais estabelecidas nos saguões intermediários do próprio complexo.

No saguão do vigésimo andar, por exemplo, passagem obrigatória de Raquel, havia uma loja de jóias, uma empresa de viagens, um minimercado vinte e quatro horas, uma livraria e um salão de beleza. O complexo era inteiramente vigiado por circuito fechado de tevê, tinha o seu próprio posto policial, duas enfermarias, paramédicos de plantão, uma ambulância e uma brigada particular contra incêndio equipada com aparelhagem mais sofisticada que a do próprio corpo de bombeiros da municipalidade.

Apesar de tudo isso, as taxas de manutenção e o preço dos imóveis eram ridiculamente baixos. Raquel vendera o seu apartamento de dois quartos no Centro, e o dinheiro que recebeu foi suficiente para quitar e reformar o novo imóvel — que, entretanto, era três vezes maior que o anterior. Já as taxas, que pensara serem exorbitantes, revelaram-se incrivelmente mais baixas que as do velho edifício que abandonara.

Até mudar-se para o novo apartamento, Raquel era uma mulher de vida social intensa. Solteira, trinta e poucos anos, arquiteta de sucesso, não exatamente bela mas indiscutivelmente atraente, era companhia disputadíssima em seu meio. Mas o trabalho e a distância acabaram afastando-a da vida mundana.

O que não era de todo indesejável. Ela realmente andava farta da frívola rotina de almoços, jantares, festas e boates, e estava disposta a dar um tempo para si mesma, "olhar um pouco para o próprio umbigo", como confessara certa vez ao já então ex-namorado. Daí que, quando finalmente conseguiu a concessão para abrir um escritório no saguão do vigésimo andar, Raquel definitivamente sumiu de circulação.

Trabalho era o que não faltava num complexo arquitetônico tão grande e tão novo como aquele. O negócio prosperou mais do que o previsto, e o pequeno estúdio de arquitetura, decoração e reformas já não comportava a demanda de mercado, obrigando-a a comprar duas salas anexas, contratar mais auxiliares e investir pesado em equipamento eletrônico.

Raquel chegava a passar semanas sem pôr os pés fora de seu mundo de concreto. Fazia as refeições nos restaurantes da sobreloja, exercitava-se nas academias de ginástica que começavam a grassar nos saguões intermediários, bronzeava-se nas piscinas das áreas de lazer e dançava nas boates do subsolo com amigos e namorados que, invariavelmente, eram proprietários de apartamentos e escritórios no complexo.

Ela também participava das reuniões do conselho deliberativo do condomínio e, durante algum tempo, chegou a assumir a presidência administrativa interina. Por essa época, já andava metida até o pescoço na intrincada política da torre e orgulhava-se de ser o único membro do conselho a nunca ter faltado a uma reunião. Raquel passou a ser convidada para as festas faraônicas do quadragésimo pavimento e a freqüentar a alta sociedade de sua comunidade *hi-tech*. Foi também nesse tempo que começou a compreender as sutilezas hierárquicas daquele pequeno mundo de concreto.

Quanto mais alto, mais *status*. E o céu era o limite. As unidades acima do trigésimo piso eram infinitamente mais luxuosas do que as imediatamente inferiores, embora nem por isso fossem muito mais caras. De fato, havia algumas até mais baratas.

Dinheiro era o que menos importava. Para conquistar um imóvel em um andar superior ao seu, o candidato era obrigado a passar por um longo processo de admissão, onde se esmiuçava a sua vida profissional, seus negócios e investimentos. Tinha também a vida particular investigada por detetives. E qualquer discussão mais acalorada entre marido e mulher era motivo para veto. O requerente também tinha que contar com amigos influentes no conselho; senão, estaria malhando em ferro frio.

Durante dois anos, Raquel foi a mais severa das conselheiras administrativas e dedicava quase tanto tempo ao condomínio quanto ao próprio negócio. Mas, após alguns desentendimentos com o vice-presidente, já cansada daquele exercício de futilidade que era bisbilhotar a vida alheia, ela decidiu não aceitar o convite de prorrogação de mandato. Àquela altura, já havia conseguido a concessão de mais três lojas em outros saguões, andava assoberbada de trabalho e a sua retirada era mais que recomendável. Sabia que teria que enfrentar algumas caras feias e pequenas represálias, mas, que diabos!, a coisa andava passando dos limites, e ela tinha que cuidar da própria vida.

Raquel não se lembrava com certeza de quando as coisas começaram a mudar. Se é que houve uma data exata em que as coisas começaram a mudar. Tudo aconteceu tão lentamente que, a princípio, ela nem se deu conta. Mas podemos dizer que o dia em que Raquel finalmente percebeu que havia algo muito estranho acontecendo à sua volta foi aquele em que, após um longo dia de trabalho, ao desembarcar no saguão do vigésimo andar, deu com o cartaz afixado na agência de viagens sua velha conhecida: um casal de aposentados vestindo camisas coloridas, sentados em cadeiras de praia e tomando martínis com azeitonas sob um imenso pára-sol cor de abóbora estampado com os dizeres *I Love Miami!* em verde-musgo.

Aquilo, decididamente, era um cartaz de extremo mau gosto. Era de se estranhar que uma agência tão conceituada exibisse material promocional tão chinfrim. Em verdade, era absurdo que uma agência de viagens tão conceituada tivesse vitrinas tão sujas e — oh! — com cantos quebrados e remendados com esparadrapo. Ao olhar para dentro da loja, novamente não pôde conter o espanto. Era ainda a mesma agência de viagens sua conhecida... mas em que estado! Os móveis estavam empoeirados e algumas cadeiras tinham o forro à mostra. As lâmpadas fluorescentes tremelicavam e o gerente socava o monitor do computador tentando corrigir a imagem cheia de interferências.

Raquel saiu dali enojada, certa de que o negócio havia sido passado para um novo e relapso proprietário. Mas não soube o que pensar quando deu uma olhada nas outras lojas do saguão. Umas mais, outras menos, todas andavam precisando de reformas. Seu primeiro impulso foi interfonar para o vice-presidente administrativo e exigir que tomasse providências imediatas. Mas logo lembrou-se de que já não era membro do conselho e que, portanto, havia perdido esse direito.

Ao chegar ao estúdio, novas surpresas. O telefone não funcionava e não havia previsão de quando seria consertado. As ligações com o celular ficavam péssimas — quando não impossíveis — no interior do complexo e ela tinha que baixar até o centro de recreação sempre que desejava fazer uma chamada. Naquela mesma tarde, houve um pico de energia tão alto que fundiu os processadores de todos os computadores que estavam conectados à rede elétrica. Logo a seguir, a luz se foi.

Desiludida, Raquel olhou para o saguão através da vitrina de sua loja, e notou que também as escadas rolantes haviam parado. Pouco depois, chegaram bombeiros para acudir gente presa nos elevadores.

Nos meses seguintes, os serviços do prédio ficaram ainda mais precários. Freqüentemente faltavam água, luz e gás. A telefonia estava cada vez pior, e tanto era difícil ligar para fora quanto chamar alguém pelo interfone. Os elevadores continuavam a assustar muita gente, e o ar-condicionado central só funcionava em dias alternados. Para complicar, os empregados de limpeza e manutenção entraram em greve por tempo indeterminado.

Nada funcionava como antes. E o caos só tendia a aumentar. Raquel andava desgostosa, deprimida e já não tinha a mesma vontade de ir para o estúdio, que, a exemplo das outras lojas do saguão, também andava precisando de imediatas reformas. O mesmo se podia dizer de seu apartamento. A falta de água e do pessoal da limpeza havia transformado o seu nirvana em pardieiro. A poeira acumulava-se sobre os móveis, e em seguida o vento oceânico a cobria com uma pastosa camada de maresia. A roupa suja acumulava-se em pilhas pelos quartos, já que a lavanderia estava interditada. A comida no *freezer* estava condenada, tal a freqüência com que fora gelada e descongelada, ao capricho dos freqüentes *blackouts*.

Até então, esses transtornos podiam ser creditados a uma administração corrupta e incompetente que cairia por inércia. E Raquel dava graças por ter pedido a sua exoneração enquanto era tempo. Às vezes, porém, sentada na rede da varanda, ela era assaltada pela estranha impressão de que talvez fosse a sua percepção das coisas que estivesse mudando. Para pior.

A paisagem, por exemplo, já não tinha o mesmo encanto. Havia quanto tempo não presenciava um crepúsculo espetacular ou uma lua deslumbrante como aquelas de seus primeiros tempos no novo endereço? Restavam, então, o céu azul mortiço e a neblina noturna, burra e obliterante. Ultimamente, o mar andava brumoso, fedorento, e as areias, sujas de detritos e manchas de óleo. O forte ao longe parecia ainda mais arruinado e a aldeia de pescadores crescia rapidamente, tomando o triste aspecto de uma pequena favela urbana.

Mas não era apenas a paisagem que perdera o encanto. Tudo o que via, tocava ou cheirava parecia ter aspecto, textura e aroma inferiores aos que tivera em outros tempos. Era como se, a cada dia, as coisas fossem se tornando imitações vulgares de si mesmas.

No ano seguinte, a situação ficou ainda pior. Raquel perdeu a concessão das outras salas e foi obrigada a mudar o estúdio do vigésimo andar para a sobreloja. Também teve que vender o apartamento para pagar algumas dívidas e acabou comprando um apartamento menor, no décimo andar. Este novo apartamento estava longe de ser tão confortável quanto o outro, mas a verdade é que os elevadores já não eram confiáveis e as suas pernas não mais suportavam o interminável sobe-e-desce pelas escadas de serviço.

O pesadelo continuou com o crescimento da favela e com a ocupação desordenada do terreno ao redor da torre, já cercada de outras torres — nem tão altas, é fato, mas de melhor aspecto. Em realidade, àquela época, a torre já não parecia assim tão alta. Anos antes, na primeira vez em que Raquel ali estivera, não era possível divisar onde a torre terminava. Agora, porém, não passava de um edifício grandote, velho e malconservado, uma paródia do velho forte, no outro lado da barra.

O edifício grandote diminuiu lenta mas irreversivelmente até ser reduzido a um prédio de modestos doze andares. As lojas da sobreloja faliram e, uma a uma, se transformaram em abrigos de mendigos. Não restou a Raquel alternativa a não ser fechar o negócio, vender o que lhe restava de equipamento e viver de biscates para outros estúdios, outrora seus concorrentes.

A essa altura, ela já estava a um passo de um colapso nervoso e julgava-se a criatura mais infeliz e desprezível do planeta. E, no entanto, ainda não tinha a menor idéia do quanto as coisas iriam piorar dali em diante.

Muito em breve, as fundações do edifício onde morava iriam ruir, revelando um fosso perfeitamente vertical, vertiginosamente profundo, com covis escavados nas paredes, no qual o jogo já não mais seria atingir o topo e sim, evitar descer a qualquer custo.

Raquel lutaria com todas as forças para manter-se no alto, embora soubesse que mais cedo ou mais tarde acabaria sendo obrigada a descer, empurrada por aqueles que vinham de cima, afastando-se cada vez mais da abertura do fosso, até ser finalmente tragada pelas labaredas que crepitavam no fundo do abismo.

RESSACA

Despertou com uma dor de cabeça tão forte que pareceu que lhe davam marretadas na fronte. Logo percebeu o fedor, a frieza do azulejo sobre o qual apoiara a face toda a noite, e, tudo isso com a lentidão característica dos borrachos arrependidos, sentiu na boca a ressaca azeda que, a essa altura, já fazia um animado carnaval em seu trato digestivo. A luz da clarabóia — se é que aquilo era uma clarabóia — queimava como a própria visão do Espírito Santo a um curupira tresnoitado.

— Raios me partam! Todos eles! — murmurou.

Em resposta, ouviu uma voz sonolenta que o mandava à puta que o parira.

Ao voltar-se em direção ao insulto, deu com três vultos semi-adormecidos. Deles certamente emanava o fedor. Nauseado, voltou-se na direção contrária apenas para perceber que a clarabóia era em verdade a janela gradeada de uma cela de cadeia.

Assustou-se, levantou-se com dificuldade, buscou cambaleante a saída mas tropeçou num dos vultos adormecidos, que despertou de um salto e desferiu-lhe uma violenta bofetada. O tapa doeu deveras mas, em compensação, aproximou-o da porta da cela.

— Por favor!... Alguém!... Carcereiro!

O corredor estava escuro e, a princípio, não obteve resposta. Gritou mais um tanto, cada vez mais apavorado, até que a luz fluorescente tremelicou e um sujeito magriço, faces encovadas, cigarro pendurado no canto dos lábios, surgiu no outro extremo do corredor.

— Qualé, porra?

Explicou que era homem de bem, com diploma, emprego, casa própria e filhos a criar. "Deve haver algum engano...", arrematou, embora já sem muita convicção.

O carcereiro olhou-o com desdém, bocejou um par de vezes, coçou o saco como se tivesse chatos, e finalmente disse que ia chamar o delegado.

O delegado apareceu minutos depois. Estava colérico.

— Solta esse filho da puta!

— Obrigado... — murmurou ao sair da cela.

O carcereiro e o delegado limitaram-se a mostrar-lhe o caminho da rua. Obedeceu, a princípio, mas parou poucos passos adiante, voltou-se e disse:

— O senhor me perdoe, mas... por que fui preso?

O delegado levantou lentamente o indicador da mão direita, como se quisesse dizer que estava a ponto de cometer uma atrocidade.

— Sou um homem de bem — insistiu, grogue que estava, sem saber exatamente o perigo que corria. — Sinceramente não enten...

— Cala a boca, seu filho de uma puta! — vociferou o delegado. — Mais uma palavra e volta pro xadrez!

Lá fora, descobriu que pernoitara na 12ª Delegacia de Polícia Metropolitana, na Rua do Lavradio, Lapa. Tudo lhe parecia muito confuso. Era sexta-feira ou sábado? Costumava beber, é fato. Ultimamente, aliás, vinha bebendo além da conta. Mas nunca a ponto de... nunca fora escandaloso... nunca fora violento... então por quê?...

Seguiu caminhando até os Arcos e, dali, Praia do Flamengo afora, em direção ao hotel onde estava temporariamente hospedado, pensando na vida — na mulher de quem acabara de se separar, no emprego do qual fora demitido, nas dívidas com os agiotas, nos juros do cartão de crédito, na confusa relação que tinha com os filhos — sem muita certeza de nada, certo apenas de que jamais saberia por que fora preso na noite passada.

CORRENTE

As coisas não vão bem? Foi demitido do emprego? Brigou com o parceiro? Perdeu dinheiro? Não se preocupe. Você acaba de receber o seu passaporte para a felicidade. Saúde, fortuna, sorte no amor e no jogo, uma vida de delícias, paz e tranqüilidade é o que o espera daqui por diante. Diga adeus à existência sofrida que levava até agora. Prepare-se para se tornar um Missivista da Boa Ventura.

Não mande dinheiro agora. Não mande dinheiro nunca. Somos uma instituição sem fins lucrativos e não almejamos outra coisa além da felicidade de nossos associados. A Irmandade dos Missivistas da Boa Ventura reúne mais de 10 milhões de privilegiados, gente para quem o mundo é, literalmente, um mar de rosas.

De agora em diante, e com a nossa ajuda, a sua vida vai entrar definitivamente nos eixos. A hipoteca vencida, o salário de fome, a pensão das crianças, a carência do plano de saúde, os grandes reveses do destino e as pequenas mazelas do dia-a-dia... tudo isso é passado. A partir do momento em que você abriu este envelope, sua vida nunca mais será a mesma.

Interessado? Então vamos aos fatos. Conheça um pouco da nossa história:

Em princípios do século XIX, o pastor Timothy Wolfe, vulgo Tim Caolho, em missão na aldeia de Labasa, Ilhas Fiji, Pacífico Sul, atirou ao mar quatro garrafas hermeticamente seladas contendo cópias dos estatutos da Irmandade dos Missivistas da Boa Ventura, seita por ele criada, em estado de graça, a 23 de maio de 1812.

A primeira garrafa lançada por Tim Caolho foi recolhida ao largo de Sorsogon, nas Filipinas, pelo cozinheiro de bordo de um navio pirata chinês. A segunda, por um náufrago alemão perdido em uma ilhota desabitada do Arquipélago das Marianas. A terceira flutuou até o Taiti e foi recolhida por um jovem naturalista britânico que fazia a volta ao mundo.

Quase meio século depois, a quarta e última garrafa foi encontrada no estômago de um gigantesco tubarão-martelo estripado por um peixeiro no porto de Valparaíso, litoral do Chile.

Inspirado pela transcendente mensagem que encontrou no interior da primeira garrafa, o cozinheiro chinês abandonou a pirataria e conseguiu emprego no tradicional Chow Mein Café, ainda hoje o melhor restaurante de comida chinesa de Manila. Mas não ficou muito tempo no emprego. Alguns meses depois de sua estréia triunfal no mundo da alta-culinária, foi contratado a peso de ouro pela embaixada britânica, em

Beijing, donde só saiu dez anos depois, para assumir o posto de chefe de cozinha do Palácio de Buckingham, em Londres — cargo que exerceu durante quatro décadas ininterruptas. Depois de aposentado, o velho cozinheiro continuou atirando garrafas ao mar até a sua morte, aos 105 anos de idade.

Três dias após encontrar a segunda garrafa contendo a mensagem de Tim Caolho, o náufrago alemão perdido em uma ilha desabitada do Arquipélago das Marianas foi resgatado por um navio holandês. Desembarcado em Lima, Peru, atirou ao mar a sua cota de garrafas contendo cópias dos estatutos da Irmandade e, neste mesmo dia, conheceu Dona Isabel Ugarte de Guzmán, nobre peruana de alta estirpe com quem teve doze filhos varões e de quem herdou terras, gado e ouro. Após a morte da esposa, casou-se com a jovem filha de um comerciante inglês, com o qual fundou a muito próspera Anglo-German Pacific Phosphate Company, indústria que transformou a pequena Ilha de Nauru, Micronésia, em um buraco inabitável mas que rendeu milhões e milhões de dólares para os seus prósperos associados.

Assíduo correspondente da Irmandade dos Missivistas da Boa Ventura, o jovem naturalista britânico que encontrou a terceira garrafa foi o primeiro irmão a disseminar os estatutos por correio regular. Como recompensa pelos serviços prestados, foi-lhe revelada a Teoria da Evolução das Espécies, com a qual se celebrizou para a posteridade.

Dez dias após encontrar a quarta e última garrafa, o

peixeiro de Valparaíso ganhou na loteria, comprou um vinhedo no sul do Chile e fez fama e fortuna. Fiel à tradição da Irmandade, enviou mais de 13 mil cópias da carta de Tim Caolho através de pombos-correios e caixeiros-viajantes. Morreu enquanto fazia amor, aos 134 anos de idade.

Desde a sua fundação, a Irmandade dos Missivistas da Boa Ventura fez a felicidade de milhões e milhões de associados. Bill Gates, Pelé, Steven Spielberg, Madonna e Michael Jackson são apenas alguns de nossos irmãos mais bem-sucedidos. Então, o que está esperando? Dê prosseguimento à corrente! Uma vida de paz, amor e prosperidade é o que o espera na próxima agência do correio. Mas escreva logo. Escreva o mais rapidamente possível, porque senão...

Senão a coisa fica muito feia para o seu lado. Da mesma forma que a Irmandade é pródiga com os seus colaboradores, pode também ser crudelíssima com aqueles que ousam interromper a sua corrente de boa ventura.

Em 1912, o sapateiro austríaco Franz Schumacher não deu ouvidos à maldição e morreu de ataque cardíaco ao flagrar a mulher traindo-o com o melhor aprendiz.

Em 1927, o corretor norte-americano Gregory Walterson recebeu e ignorou uma cópia dos estatutos da Irmandade. Perdeu tudo o que tinha durante o *crack* da Bolsa de NY e acabou se enforcando na torre do Empire State Building. Texto de seu bilhete de suicida: "Conselho de amigo: jamais desafie a Irmandade."

Em 1942, o agricultor português José Manuel Gomes de Sá recebeu cópia da carta de Tim Caolho. Como era analfabeto, Gomes de Sá ignorou a mensagem e morreu de tétano alguns dias após se ferir acidentalmente com a própria enxada.

Em 1986, o jogador de futebol Zico não levou a sério a carta da Irmandade e perdeu pênalti decisivo na partida Brasil x França, na Copa do México, o que lhe custou a fama — de resto injustificada — de "perdedor nato".

Em 1992, o presidente da República Federativa do Brasil, Fernando Collor de Mello...

Convencido? Então, mãos à obra! Envie um mínimo de duas mil cópias desta mensagem, divididas em cinco lotes de quatrocentas cartas, cada lote destinado a um dos cinco continentes do globo terrestre. Apenas o lote para a América Latina poderá ser escrito em português — apesar do idioma espanhol ser mais recomendável. Já o lote destinado à América do Norte deve ser redigido em inglês; o da Europa, em francês; o da África, em dialeto zulu; e o da Ásia, em chinês mandarim. Aqueles que tiverem dificuldade em encontrar uma máquina de escrever com ideogramas chineses, aconselhamos recorrer ao Consulado-Geral da China mais próximo de sua casa.

As cartas devem ser datilografadas em papel ofício, espaço simples, 58 linhas por página, 72 toques por linha. Não serão aceitas cartas mimeografadas, fotocopiadas ou impressas por computador. Ao fim de cada carta, não esqueça de redigir em letras maiúsculas —

de preferência, garrafais — os estatutos da Irmandade dos Missivistas da Boa Ventura, que enumeramos a seguir:

A VIDA É UM ESTADO DO ESPÍRITO.
O MUNDO É UM CAMPO MINADO.
NÃO ACREDITE EM TUDO O QUE LÊ.

ÉDEN 4

I

— Estou confuso — disse o homem.

— O que é perfeitamente natural após uma aterrissagem desastrada como a sua — disse a mulher.

— Não lembro meu nome.

— Você é o Comandante Dardo Basadra, da Agência Espacial das Nações Unidas.

— Dardo o quê?

— Basadra. Você é muito famoso. Está em todas as enciclopédias: o primeiro e único homem a atingir a velocidade da luz.

— Por que fui o único?

— Porque o projeto foi cancelado às vésperas de lançarem o segundo.

— Onde estou?

— No mesmo lugar onde, em seu tempo, ficava o ponto mais profundo do Mar Mediterrâneo.

— O que houve com o Mediterrâneo?

— Evaporou.

— Em que ano estamos?

— Há controvérsias.

— Como assim?

— Para nós, este é o ano 1345 de nossa era. Mas ainda não se chegou a um acordo se estamos em 15013 ou 15015 d.C.

— Einstein estava certo...

— Ora vejam só! Já se lembra de Einstein! É um bom começo. Mas, diga-me: como é atingir a velocidade da luz sem a ajuda de um bom estabilizador de fase beta? A última vez em que eu viajei nesta velocidade enjoei terrivelmente, embora o estabilizador fosse de última geração.

— Espere aí: você não disse que eu fui o primeiro e único homem...

— ...a viajar na velocidade da luz. Correto. Todos os outros viajantes foram mulheres.

— O quê?

— Surpreso?

— N-não propriamente, mas... a propósito, estou aqui já há algumas semanas e só conheço quatro pessoas: você, a ruiva sardenta, a loura espigada e a oriental gorducha. Tenho sido bem tratado mas acho que já é hora de falar com um de seus superiores.

— Eu sou a maior autoridade neste departamento. Mas você se engana ao pensar que somos apenas quatro. Em realidade, você foi visitado por dezenas de nós, isso para falar apenas do período em que você está consciente. Nos três anos em que o reconstituímos você foi visto e manipulado por centenas de ruivas sardentas, louras espigadas, orientais gorduchas e morenas peitudas como eu.

— Eu fui *reconstituído*?

— Sessenta por cento. Por sorte, a cabeça e o baixo-ventre ainda estavam relativamente intactos.

— Bom trabalho.

— Obrigada.

— Outra dúvida: por que falamos através deste vidro? Alguma medida de segurança? Têm medo de vírus primitivos ou coisa que o valha?

— Sim, é uma medida de segurança. Não, não tememos vírus. Você foi inteiramente higienizado durante a reconstituição.

— Então por que me mantêm preso aqui? Acho que é hora de termos uma conversa séria!

— Também acho. Mas, por favor, acalme-se. Não estamos acostumadas a rompantes de fúria.

— Rompantes de fúria? Mas eu só...

— Se continuar assim exaltado, serei obrigada a cancelar esta entrevista.

— Está bem. Mas, por favor, diga-me o que está acontecendo.

— Bem, foi você quem pediu: não há homens no mundo há mais de cento e vinte séculos.

— O quê?

— Não há homens no mundo há mais de doze mil anos.

— E como vocês fazem para se reproduzir?

— Ora, vamos, comandante! A clonagem de seres vivos já era assunto de domínio público no tempo em que você partiu! É impossível que nunca tenha ouvido falar a respeito.

— Sim, claro. Mas por que clonar apenas mulheres?

— Duas mulheres podem gerar uma terceira. Dois homens não podem gerar um terceiro. Com a clonagem, o homem perdeu a função biológica. Tornou-se obsoleto.

— Mas que petulância!

— Se você se levantar da cadeira novamente terei que tomar medidas as quais venho relutando em tomar desde a sua chegada. Algumas de nós defendem a tese de que não precisamos de você consciente. Daí a transformá-lo numa alface...

— Mas por que erradicar o homem?

— Porque os homens eram abjetos. Os homens faziam guerras, destruíam cidades, estupravam, torturavam e matavam mulheres e crianças. Os homens eram infantis, egoístas e prepotentes.

— Visão um tanto estereotipada — disse ele. — Mas quer dizer então que vocês não fazem guerras e nem matam as suas semelhantes?

— Não, não fazemos guerras. Sim, algumas de nós ainda matam as semelhantes. Mas são casos muito raros. Na maioria das vezes, porém, o crime se dá por um problema bioquímico, geralmente um aumento dos níveis de testosterona no organismo da assassina. Corrigido o problema, ela é reabilitada.

— Uma coisa ainda me intriga: como fizeram para eliminar todos os homens da face da Terra? Houve algum *pogrom* feminista? Nos enfiaram em fornos crematórios?

— Claro que não. Simplesmente deixamos de produzi-los. O último homem, certo Hishikawa, de Kioto, morreu de velho uns quinhentos anos depois que você começou a sua viagem.

— Quer dizer que nos deixamos extinguir sem reação?

— Houve alguma revolta. Mas, a essa altura, já tínhamos a faca e o queijo na mão.

— Devo supor, então, que sou *persona non grata* neste mundo?

— Não! Ao contrário! Você é muito bem-vindo!

— Como assim?

— É uma longa história.

— Tenho tempo.

— Bem, a verdade é que estamos tendo problemas de biodiversidade...

— Não duvido.

— Isso é um sorriso de prepotência? Sempre quis saber como era um sorriso de prepotência masculino...

— Aproveite.

A mulher pigarreou e recuperou o tom formal.

— Em um sistema fechado, por mais perfeito que seja, há sempre uma perda a cada reciclagem. Como prega a segunda lei da termodinâmica, a entropia é...

— Conheço a segunda lei da termodinâmica. Fiz o ginásio.

A mulher esboçou um sorriso de superioridade, como se quisesse dar a entender que, no tempo dela, se aprendia termodinâmica no jardim-de-infância.

— Durante todos esses séculos que se seguiram à extinção do homem — prosseguiu a mulher —, vivemos felizes e saudáveis, em paz e harmonia.

A mulher fez uma breve pausa, olhou para o teto com ar desolado e prosseguiu:

— De uns tempos para cá, entretanto, e por melhores que sejam as nossas geneticistas, o processo degenerou. Ao que tudo indica, as repetidas clonagens enfraqueceram os nossos genes a tal ponto que, atualmente, vivemos uma epidemia de imunodeficiência hereditária de proporções calamitosas. A seguir neste ritmo, estaremos virtualmente extintas em menos de um século.

— É de se admirar quanto duraram...

— Como você é arrogante!

— O que querem de mim, afinal?

— O seu esperma.

O homem não conteve o sorriso de júbilo. Então era isso! Bendito fruto entre as mulheres! Um planeta cheio delas! Era mais do que ele poderia imaginar em seus sonhos mais selvagens.

— Não! — horrorizou-se a mulher ao ler os pensamentos do homem. — Como você é capaz de pensar uma coisa dessas? Deitar-se com você seria... seria...

— Seria como se deitar com um Homem de Neandertal, suponho.

— Não! — gritou a mulher.

— Não?

— Não. Seria uma porcaria.

O homem se conteve para não arremessar a cadeira contra o vidro que separava as duas salas.

— E como pensam que vão extrair o meu esperma? Ou acham que vou doá-lo assim, sem mais nem menos?

A mulher estremeceu ao pressentir a ira do homem, mas ainda assim foi firme ao responder:

— Todo o esperma de que precisamos no momento foi recolhido no longo tempo em que você esteve em coma. Quando precisarmos de mais, não duvide, saberemos como o extrair.

— Por que, então, permitiram que eu saísse do coma?

— Minha culpa. Como paleontóloga, sempre quis ver e falar com um homem de verdade. Agora que o conheci, porém, vejo que a curiosidade não era justificada.

A mulher levantou-se e estava prestes a sair quando o homem gritou:

— Pelo menos, sinto-me recompensado em saber que fui o salvador da humanidade no século CLI!

A mulher voltou-se e disse, com serenidade:

— Você realmente acredita que apenas o seu esperma seria suficiente para resolver o megaproblema que temos pela frente?

— E não é?

— Não. Sua matriz genética só nos dará mais um ou dois séculos de sobrevida. Mas é o suficiente. Até lá, com as pesquisas que já estão em curso, teremos encontrado a solução.

— A solução para o quê?

— A solução para nos livrarmos dos homens para sempre.

O homem chegou à janela e correu os olhos pela paisagem. Imediatamente deu-se conta de que estava num edifício muito alto, embora não tivesse como calcular quão alto estava. Lá embaixo, em todas as direções, espalhavam-se estruturas hexagonais, perfeitamente encaixadas umas nas outras, como favos de uma imensa colméia. Megalópole? Fábrica? Ilusão de ótica?

Ao longe, rompendo a monotonia da paisagem, duas torres imensas que subiam por entre as nuvens e se perdiam em alturas estratosféricas.

A temperatura no interior da cela era amena, mas o vidro da janela panorâmica estava quente, o que o levava a supor que lá fora prevaleciam temperaturas abrasadoras. "Talvez por isso não haja movimento nas ruas", pensou. "Se é que são ruas..."

Caía a noite e a colméia se iluminava — não como as cidades a que estava habituado, em miríades de pequenas luzes, mas sim envolta por uma névoa azulada, uniforme, que parecia emanar dos próprios edifícios. "Perturbador", pensou. "Quase alienígena..."

O homem fechou a cortina, voltou-se para o interior da cela e não conteve o sorriso irônico. Suas anfitriãs não haviam sido muito felizes ao tentarem recriar o hábitat de um homem de seu tempo, se é que era essa a intenção. Ainda assim, o quarto de hotel do Velho

Oeste onde o alojaram era um panorama bem mais compreensível que o Admirável Mundo Novo lá fora. Havia uma cama, uma cômoda, um lampião de querosene sem querosene, um lustre com franja de renda, uma mesa de feltro verde, um baralho incompleto, uma estúpida boneca de pano. Se ao menos os volumes nas estantes fossem livros de verdade...

Treze mil anos! Como pudera ter errado tão grosseiramente na trajetória de volta para casa? E que situação infeliz! O único de um gênero extinto, num planeta-colméia dominado por zangonas rabugentas que queriam usá-lo como uma espécie de touro reprodutor, sem, contudo, permitir-lhe o prazer que a atividade acarreta.

Nunca em sua vida ele se sentira tão miseravelmente só.

A mulher voltou na tarde seguinte.

— Você é a mesma de ontem ou...

— Sim, sou a mesma.

— E tem um nome, suponho.

— Chamo-me Mol. Mas não há tempo para frivolidades. Tenho muitas perguntas por fazer e...

— Diga-me, Mol — interrompeu o homem —, o que são aquelas colunas ao longe?

— Aquilo? São as Torres de Clarke.

— E para que servem?

— São elevadores. Tudo o que vai para o espaço sobe através daquelas torres. O que vem do espaço também passa por ali.

— Fantástica obra de engenharia — admirou-se o homem. — Mas por que as chamam de Torres de Clarke?

— Você deveria saber. São assim chamadas em homenagem à grande visionária do século XX, Aretha Clarke, a mesma que teve a idéia dos satélites geoestacionários...

— Espere aí! Quem teve essas idéias não foi nenhuma Aretha Clarke e sim o grande escritor de ficção científica, Arthur C. Clarke!

A mulher sorriu como quem acaba de ouvir uma tolice e disse:

— Tenho algumas perguntas que...

— Eu tenho algumas perguntas — atalhou ele com firmeza.

— Compreendo. No seu caso, eu também teria. Mas o tempo é curto, o orçamento também e temos muito o que fazer...

— Ao que me conste, eu não tenho nada a fazer além de acumular esperma em meus testículos.

— Como você é grosseiro! Será que não percebe que sou a única amiga que tem por aqui? Não fosse por mim, você ainda estaria em coma.

— Quer dizer que lhe devo a existência miserável dos últimos tempos? E como pensa que eu me sinto, preso neste quarto antiquado, sozinho o dia inteiro, comendo essa coisa sensaborona que chamam de comida, sem um maldito livro para ler?

— Em breve, quem sabe, poderemos fornecer-lhe comida mais saborosa e variada. Mas nunca poderemos lhe dar livros. Os únicos que restam estão tão velhos que não podem ser manuseados. Mas temos alguma música de seu tempo que...

— Não. Nada de meu tempo. Quero ver coisas atuais. Vocês não têm televisão?

— Você diz aquele tipo arcaico de transmissão de imagem e som através de ondas eletromagnéticas para receptores domésticos?... Não, nada no gênero. E o tipo de entretenimento a que nos entregamos atualmente é sofisticado demais para um homem poder compreender e desfrutar.

O homem irritou-se e disse:

— Você é quem sabe. De qualquer modo, ficamos assim: ou você responde às minhas perguntas ou eu não respondo às suas.

— Está bem — disse a mulher com um ar de falsa resignação. — No fundo, já esperava por isso. O que quer saber?

— Podemos começar, por exemplo, sabendo o que aconteceu com o Mediterrâneo.

— Já lhe disse: evaporou.

— Sim, mas como?

— Uns mil e quinhentos anos depois de seu tempo, a Terra foi atingida por um meteorito gigantesco. Pelo estrago, supomos que era bem maior do que aquele que extinguiu os dinossauros. Oitenta por cento da biosfera foi destruída. A humanidade esteve por um fio...

— Como se safaram? Até onde vai o meu conhecimento, uma tragédia dessa magnitude seria insuperável.

— Para a nossa sorte, os homens já estavam extintos. Assim, foi possível coordenar um grande plano de recuperação ambiental de proporções globais, um esforço de...

— E por que os homens não poderiam ajudar nesse esforço? — interrompeu o homem.

— Você não faz idéia das condições em que ficou o planeta após o impacto. A única coisa que poderia nos salvar àquela altura seria a total cooperação entre os povos da Terra. Se ainda existissem homens, voltaríamos às cavernas e, dali, à extinção uns trezentos anos mais tarde. Se tanto.

— E o que as faz pensar que éramos incapazes de confraternizar?

— Ora, se vocês não conseguiam organizar um campeonato esportivo que não terminasse em pancadaria, como pensam que se comportariam numa situação realmente crítica?

O homem indignou-se mas pensou duas vezes e resolveu mudar de assunto:

— O impacto chegou a ser tão forte a ponto de evaporar um oceano inteiro?

— Claro que não. Nós o evaporamos. Foi preciso alterar o ângulo de inclinação do eixo da Terra para criar condições ambientais mais propícias. Usamos a água do Mediterrâneo, do Cáspio e do Mar Morto como propelente. Foi uma grande perda, mas de outro modo não conseguiríamos estabilizar o clima.

— Olhando pela janela, não me parece que fizeram um bom trabalho.

— Se dependesse de nós, acredite, a Terra seria um

planeta muito melhor do que é hoje em dia. Nossos esforços teriam bastado para pôr as coisas mais ou menos em ordem. Mas não tínhamos como prever a Grande Contaminação.

— E o que foi isso?

A mulher emitiu um suspiro desiludido e disse:

— Algum espertinho em seu século inventou um método "infalível" para eliminar lixo nuclear, estocando-o em cemitérios escavados na rocha, no leito dos oceanos, em lugares de baixíssima atividade tectônica. A idéia era boa, em tese...

— E daí?

— Daí que, nem bem colocamos a Terra no lugar ideal, três desses cemitérios esquecidos foram revolvidos por maremotos, fruto de um natural acomodamento da crosta após tamanha tensão. O plutônio veio à tona, e mais uma vez nos vimos diante da possibilidade de extinção.

— E?...

— E mais uma vez nos safamos através da colaboração universal. Data dessa época a construção da primeira Torre de Clarke.

— Vocês mandaram o lixo nuclear para o espaço?

— Em direção ao Sol. Para lá enviamos também bilhões de metros cúbicos de terra, rocha, água e matéria orgânica contaminada.

— Fantástico.

— O mundo já não é o mesmo, concordo. Mas podia estar bem pior. De qualquer modo, estamos de mudança.

— Mudança?

— Exato. Mas agora é a minha vez de fazer as perguntas.

O homem sorriu, aproximou a cadeira do vidro e disse:

— Nada mais justo, doçura. Vamos ao que interessa.

E manteve os olhos fixos no decote da mulher durante todo o tempo que durou a entrevista.

— Criatura abominável — pensou a ruiva sardenta.

— Você não viu nada — respondeu a paleontóloga com um olhar entediado.

— Como vão as entrevistas? O espécime tem colaborado?

— Não. Ele é muito insubordinado.

— Espero que você saiba o que está fazendo.

— Me preparei a vida inteira para esse momento. Não vou desperdiçá-lo. É a minha carreira que está em jogo.

— Imagino. Mas é bom você se apressar. Já estouramos o orçamento, e o Conselho não estará disposto a continuar o projeto se não apresentarmos resultados simplesmente extraordinários na próxima reunião.

Neste momento, a loura espigada entrou na sala, intuiu o assunto em pauta e perguntou:

— Ele já se deu conta do transcodificador telepático?

— Não. Ainda pensa que falamos a mesma algaravia de seus tempos bárbaros.

— Treze mil anos depois? — admirou-se a outra.

— É um tolo prepotente. Mas o que realmente me preocupa é a sua agressividade. É preciso muito tato para evitar que ele irrompa em crises de fúria. Isso para não falar de seus pensamentos obscenos.

— Ainda acho que você deveria mudar de idéia e aceitar a escolta — pensou a ruiva. — Sabe-se lá do que é capaz uma criatura tão primitiva.

— De modo algum. A escolta o intimidaria, justo agora que estou começando a ganhar a sua confiança...

Passaram-se os meses. E continuava a rotina de entrevistas:

— Diga-me, Mol, como é possível que, tantos milhares de anos depois, a humanidade tenha evoluído tão pouco?

— Como disse?

— Sua tecnologia é assombrosa, já me dei conta. Mas nada que não tivesse sido pensado em milênios anteriores. Era de se esperar um avanço maior. Treze mil anos antes de meu tempo, por exemplo, os homens ainda estavam pintando bisões nas paredes das cavernas.

A mulher sorriu.

— Você é um evolucionista!

— Não propriamente, mas...

— A humanidade nunca seguiu uma linha de evolução contínua. Sempre houve altos e baixos.

— Sim, mas treze mil anos, convenhamos, é tempo de sobra para...

— Os últimos milênios foram tempos árduos. Muita coisa se perdeu. Não estava brincando quando disse que a humanidade esteve por um fio. Em realidade, toda a vida na Terra esteve por um fio. Não fossem os esforços de nossas geneticistas, não teríamos a metade das espécies que temos agora...

— Vocês clonaram espécies extintas?

— Exatamente.

— Como?

— Isso é um pouco mais difícil de explicar.

— Que espécies vocês conseguiram recuperar?

— De início, milhões de espécies de plâncton e microorganismos terrestres. Estes foram a base da reconstituição da biosfera. Mas também clonamos animais maiores, alguns já extintos no seu tempo.

— Por exemplo?

— A baleia-azul, a vaca, o ornitorrinco...

— A vaca foi extinta?

— O meteorito suspendeu tanta poeira na atmosfera que ficamos sem luz do sol durante décadas. Sem sol, sem pastos. Sem pastos, sem vacas...

— E vocês não clonaram bois, também?

— Por um... — ela engasgou e corrigiu-se a tempo: — Por algum motivo desconhecido, todos os machos de espécies extintas que clonamos são estéreis. Não nos servem.

— Sim, mas os bois têm a carne mais macia!

A mulher fez uma careta de nojo.

— Não comemos carne!

— E o que vocês comem, afinal? A propósito, que porcaria é essa que me servem todos os dias? Salvo as almôndegas, o resto é intragável!

— De modo geral, você tem comido algas, tubérculos, e um composto sintético de vitaminas e sais minerais. As almôndegas das quais você tanto gosta chamam-se *goni*, e são um tipo de fungo cultivado em nossas colônias extraterrestres.

O homem parecia não acreditar no que ouvia. Aquelas loucas tiveram a petulância de lhe servir cogumelos alienígenas para o jantar!

— Somente nos últimos séculos começamos a desenterrar o passado; e a aprender com ele — prosseguiu a mulher. — Uma cápsula do tempo, encontrada há vinte anos, deu novo alento às pesquisas sobre a sua época. Está em péssimo estado de preservação, mas nossas arqueólogas vêm fazendo milagres na restauração dos registros.

— Que sorte a minha: voltar ao mundo em plena Renascença Futurista!

— É verdade. Em outras épocas, você teria sido queimado na fogueira.

O homem suspirou, desalentado, voltou os olhos para a mulher e perguntou:

— Sinceramente, Mol, como é ver-se frente a frente com um macho de sua espécie após todos esses milênios de homossexualismo?

A mulher ensaiou uma resposta à altura mas não teve tempo de externá-la. Súbito ouviu-se uma explosão e disparos de armas de fogo. As luzes se apagaram. Gritos de ódio e de dor. Caos.

Ela empalideceu e murmurou:

— Rebeldes!

— O quê? — gritou o homem.

Ouviu-se outro estrondo, bem mais próximo. Três mulheres vestidas de negro, usando capacetes, cassetetes, distintivos e portando objetos semelhantes a rifles automáticos do século XXI, entraram na sala.

— Para o chão! Estamos sendo atacadas por rebeldes! — gritaram as recém-chegadas.

Tentavam parecer senhoras da situação mas obviamente estavam em pânico.

— Por onde entraram? — perguntou Mol.

— Não sabemos — respondeu uma das guardas. — O que temos certeza é de que estão vindo para cá.

Outra explosão. A porta da sala de entrevistas desapareceu numa nuvem de fuligem. Atônitas, as guardas dispararam a esmo em direção ao corredor. De fato, usavam rifles automáticos semelhantes aos do século XXI. Já as invasoras responderam ao fogo com uma devastadora rajada de raios de plasma do século CLI. Uma das guardas foi atingida diretamente e teve a cabeça carbonizada. As outras duas também haviam sido feridas e agonizavam no chão da sala.

Neste momento, um aparelho semelhante a um helicóptero sem hélices surgiu diante da janela panorâmica da cela e disparou. O homem quase não teve tempo de se esquivar da chuva de estilhaços.

— Malditas! — gritou Mol do outro lado.

— Fale-me mais a respeito de seu mundo sem guerras! — berrou o homem, já arfando ao calor insuportável que subitamente tomara conta do ambiente.

Cinco mulheres em *topless*, usando máscaras de esqui e armadas com rifles de plasma, invadiram a sala e eliminaram as guardas malferidas com disparos à queima-roupa. Em seguida, voltaram-se para a paleontóloga.

— Piranhas hermafroditas! — gritou Mol. — Vocês não vão levar o *meu* homem!

Recebeu uma coronhada no ouvido que a derrubou desacordada sobre o piso.

— Eu a quero viva! — gritou a líder para as outras, antes que disparassem o tiro de misericórdia.

Enquanto a mulher era empacotada para viagem, a líder aproximou-se do vidro que separava ambas as salas, olhou para o homem e gesticulou pedindo que ele se afastasse da mira de sua arma.

Outra chuva de estilhaços.

— Puxa! — disse ele, tentando parecer indiferente ao fedor de carne carbonizada que exalava do outro lado. — Vocês não sabem a vontade que eu tive de fazer isso nos últimos meses!

— Calado! — ordenou a rebelde que se aproximava.

— Sabe que, para uma mulher, até que você...

O homem não pôde terminar a frase, tal a força da joelhada que recebeu à altura do fígado. Vergado pela dor, sentiu uma picada no pescoço e, antes de desfalecer, ainda pôde ouvir a agressora dizer:

— Pronto! Peguem este saco de esperma e vamos dar o fora daqui!

O homem despertou com os gritos da paleontóloga, que esmurrava a porta da cela:

— Por favor! Deixem-me sair! Isto é uma crueldade!

O homem ergueu-se sobre os cotovelos e demorou a entender o que estava acontecendo.

— Socorro! Alguém me ajude! — prosseguiu ela. — Tirem-me daqui! Vocês não têm idéia das coisas terríveis de que esta criatura é capaz!

— Fizemos progressos! — zombou ele. — De cientista e cobaia a companheiros de cativeiro...

A mulher voltou-se de súbito e gritou, em pânico:

— Não ouse se aproximar!

O homem sorriu desanimado e disse:

— Tudo bem. Mas só se você prometer que vai parar de gritar. Essa droga que me inocularam dá uma dor de cabeça...

A mulher arrastou-se de costas contra a parede até o canto oposto da cela.

— Por favor! — disse ela com a voz trêmula. — Não se mova donde está! Não se aproxime!

— Não me aproximaria de você mesmo que você fosse a última mulher sobre a face da Terra! — disse o homem. — Não tocaria em você mesmo que eu estivesse há mais de treze mil anos sem tocar em uma mulher, o que é bem o caso.

— O que disse? — perguntou ela enquanto ajeitava o cabelo e trocava a expressão de pavor por outra de surpresa contrariada.

— Você ouviu o que eu disse — respondeu o homem. — Já estou até o pescoço com o seu discurso ultrafeminista, sua patológica aversão ao sexo masculino. E você não é tão atraente quanto pensa.

A mulher estremeceu.

— E quem lhe disse que eu me acho atraente?

— Ora, Mol! Qualquer uma que use decotes como os seus certamente deve se achar a abelha mais gostosa da colméia!

Corpo colado à parede, ela se deixou escorregar até o chão e se encolheu no canto da cela, abraçando os joelhos.

— Posso saber por que você está tremendo desse jeito? — perguntou o homem com alguma irritação. — Será possível que acredite nessa história imbecil de que os homens comiam mulheres e crianças assadas no espeto?

A mulher fuzilou-o com os olhos e respondeu:

— Tenha a desfaçatez de me dizer que isso jamais aconteceu no passado!

O homem não ousou jurar. Em vez disso, perguntou:

— Quem são essas pessoas que nos seqüestraram?

— Terroristas — disse ela como quem diz o óbvio.

— Já percebi. Mas o que querem conosco?

— Elas querem você. Ainda não entendi por que me pouparam.

— E o que querem fazer comigo?

— Obviamente, pretendem trocá-lo por alguém ou por alguma coisa. Você é agora a pessoa mais importante do mundo. Elas sabem exatamente o que têm em mãos.

— Mas vocês já não têm esperma de sobra guardado no centro de bioengenharia?

Ela sorriu com amargura.

— Lembra-se da primeira explosão? Com certeza foi o seu esperma a voar pelos ares.

O homem não evitou a ironia:

— Que desperdício!

— Você não faz idéia de quanto...

— Por que as guardas do complexo onde estávamos usavam armas tão primitivas em comparação às de nossas seqüestradoras?

— Boa pergunta. Eu também não consigo entender por que a nossa polícia está sempre mais mal armada que as criminosas.

— Relaxe, Mol. Isso não é um fenômeno exclusivo do seu século.

A mulher suspirou e o homem voltou à carga:

— A propósito, que história foi aquela de cooperação global, mundo sem guerras, paz e harmonia entre os povos, raros homicídios...

— Como já disse anteriormente, há sempre uma ou outra criatura com uma taxa de testosterona acima dos níveis recomendáveis e...

— Ora vamos! — interrompeu o homem. — Qualquer idiota pode perceber que estamos nas mãos de uma grande organização. Essas rebeldes que nos seqüestraram não são fenômenos esporádicos de desequilíbrio hormonal! Vocês têm uma pequena guerra em curso!

A mulher baixou os olhos e corou. O homem percebeu o embaraço da companheira e disse lentamente, quase terno:

— Veja, Mol, estamos metidos numa tremenda enrascada. Se não nos ajudarmos, não sairemos dessa.

Ela levantou o rosto, a essa altura já banhado em lágrimas, e disse:

— E o que você acha que podemos fazer numa situação assim?

— Podemos começar falando a verdade. O que exatamente está acontecendo neste planeta?

Não houve tempo para a resposta. Subitamente a porta se abriu e uma rebelde entrou na cela. Era a mesma que o nocauteara durante o seqüestro. Reconheceu-a pelos mamilos. "Não existe um par de mamilos igual a outro", pensou, "nem mesmo numa sociedade de mulheres clonadas."

— Esta é uma boa pergunta! — disse a rebelde. — Por que não conta para ele a grande porcaria que está acontecendo neste mundo? Por que não fala das Excluídas, da desertificação do planeta e dos escravos lobotomizados de Éden 4?

— Porque tudo isso são mentiras inventadas por vocês!

A rebelde tomou a mulher pelas abas do decote.

— Quando se dirigir a mim, mocinha, trate-me por Senhora Comandante!

— Ei, ei! — disse o homem. — Que coisa mais feia! Duas mulheres brigando como moleques de rua!

A rebelde largou a mulher e voltou-se lentamente em direção ao homem. Seus olhos faiscavam através da abertura da máscara.

— Então, isto é um homem!

— Em carne e osso — respondeu ele.

— Mostre-me a coisa.

— Coisa?

— Sim. Quero ver se é tão terrível quanto dizem as lendas.

O homem demorou ainda alguns segundos para acreditar no que lhe era pedido.

— Você quer que eu mostre... Espere aí! Quem você pensa que...

Não pôde continuar o protesto. A rebelde tocou-o com um aparelho que trazia em uma das mãos, à guisa de cassetete, e... Zooonnnkkk! Quando ele deu por si, estava estirado no piso, sem fala, sem ar, imobilizado, sem saber o que o havia atingido.

Contudo, embora estivesse completamente paralisado, estava ainda consciente e pôde ver quando a rebelde o desnudou e disse, às gargalhadas:

— Mas isso está longe de causar medo em alguém! Em verdade, é a coisa mais ridícula, mais patética, mais miseravelmente grotesca que já vi em toda a vida! Não é de estranhar que as mulheres da antigüidade exigissem dinheiro para manter relações sexuais com essas criaturas. Chega a dar nos nervos de tão feio!

Apesar do que dizia, a rebelde estava verdadeiramente fascinada pela novidade. Tão fascinada que tirou um lenço do bolso para usá-lo como proteção para manusear a "coisa" do seqüestrado.

— Por que você me poupou durante o ataque? —

perguntou a outra, aproveitando-se do súbito bom humor da seqüestradora.

— Tinha esperanças de que ele a violentasse — respondeu a rebelde, apalpando os testículos do homem com alguma rudeza. — Aliás, ainda tenho.

— E qual o seu interesse nisso?

— Diversão. Curiosidade. Além disso, imagine a comoção que estas cenas irão provocar quando forem divulgadas para a opinião pública.

— O que querem de nós?

— Você sabe o que queremos! — respondeu a rebelde, novamente rude. — Nossas reivindicações são mais do que notórias: queremos a reavaliação de todos os passes e garantia de embarque imediato para todas com menos de vinte e cinco anos.

— Mas você sabe que isso é impossível! — disse a mulher. — O Conselho jamais irá concordar com exigências tão absurdas!

A rebelde sorriu, jogou o lenço na lixeira e, antes de sair, afirmou:

— Neste caso, acho bom você e seu macaco de estimação se prepararem para o pior.

— De volta aonde estávamos, Mol — disse o homem, assim que recobrou os movimentos do corpo. — O que são *Excluídas*?

A mulher relutou mas terminou por responder:

— Retardatárias.

— O que disse?

— Não são Excluídas. São Retardatárias.

— E o que vem a ser isso?

— Retardatárias são aquelas mulheres que, por um motivo ou por outro, só terão os seus passes de migração validados daqui a dez, vinte, trinta ou cinqüenta anos.

— Vamos com calma, Mol. Uma coisa de cada vez. Você disse migração? Migração para onde?

— Para um planeta no sistema de Beta Centauri chamado Éden 4. Como já disse, a Terra está morrendo. É hora de partir.

— Quer dizer, então, que uma Retardatária bem retardatária, que tenha, digamos, trinta anos, só poderá migrar quando tiver oitenta?

— Exato.

— E qual a expectativa de vida de uma mulher nos dias de hoje?

— Varia de acordo com a região. Mas a média global não passa dos sessenta e três anos.

— Começo a compreender a irritação dessas rebeldes. Mas como foi feita a seleção? O que leva uma mulher a ser considerada Excluída ou Eleita?

— Genes, basicamente. Mas não nos chamamos Eleitas e, sim, Selecionadas.

— Mas vocês não são todas iguais?

— Já lhe disse que andamos com sérios problemas genéticos. Muitas de nós são fins de linha evolutivos.

— Desculpe, mas, em minha opinião, a espécie humana como um todo é um fim de linha evolutivo.

— Suas considerações refletem total ignorância da história e da evolução da engenharia genética. Nos excluímos da Seleção Natural justamente para que a humanidade *não* se tornasse uma espécie em extinção. Temos um futuro biológico, acredite.

— Isso, é claro, se eu escapar dessa confusão.

A mulher fingiu não ouvir o comentário e prosseguiu:

— Além dos genes, pesa também a habilitação física, técnica e intelectual da candidata. Mulheres que não ovulam, por exemplo, estão condenadas a ficar na Terra até o fim de seus dias.

— Então, basta ser jovem, saudável, fértil, inteligente e hábil para poder subir a Escada de Jacó e chegar ao Paraíso?

— De um modo muito simplificado, você está certo.

— E por que as rebeldes pedem a revisão de todos os passes?

— Por que acreditam que houve facciosismo durante a seleção.

— E não houve?

— Pelo que sei, não.

O homem resmungou em sinal de descrédito e perguntou a seguir:

— Não há meio de enviar todas para o espaço num prazo mais razoável?

— Teremos sorte se conseguirmos cumprir as metas estabelecidas. Os embarques já estão dois anos atrasados.

— Quantas mulheres existem no mundo atualmente?

— Dois bilhões e tantas. Nunca se sabe ao certo.

— Por que toda essa gente? Tenho certeza de que esse plano de migração é antigo. Ninguém muda de planeta de uma hora para outra, no improviso. Por que não houve um controle de natalidade rigoroso para evitar situações desagradáveis na hora da partida?

A mulher sorriu amarelo e respondeu:

— Nem todas as mulheres do mundo são clonadas pelo Estado. Há muita reprodução clandestina. Hoje em dia, qualquer uma pode gerar um clone no banheiro de casa. Vendem-se *kits* de clonagem no mercado negro.

— De dois bilhões e tantas de mulheres, quantas são as Excluídas?

— Temos mais de um bilhão e oitocentos milhões de Retardatárias. Mas o número aumenta a cada dia.

— Devo supor que a maioria das Excluídas é constituída de clones clandestinos?

— Sim. Está certo. Em sua maioria, as Retardatárias são clandestinas.

— Coincidência?

— Não. A clonagem clandestina é malfeita. Gera clones defeituosos.

— Nesta adorável visita, sua amiga mascarada falou qualquer coisa a respeito de desertificação do planeta. O que exatamente vem a ser isso?

— Não haverá desertificação. As Retardatárias ficarão com mais água do que vão precisar, tenha certeza disso.

A mulher pensou que dissera o suficiente, mas o homem continuou a olhá-la, esperando a conclusão do raciocínio.

— O lugar para onde estamos nos mudando é um tanto maior do que a Terra — disse ela afinal. — Mas tem pouca água. Por isso, estamos levando quatro quintos dos oceanos daqui lá para cima.

O homem sorriu, debochado.

— Só isso? Vejo que as rebeldes estão fazendo tempestade em copo d'água, literalmente! Também começo a compreender por que não há espaço para mais gente nos cargueiros interplanetários.

— Além de ignorância científica, identifico em você também certa simpatia pela causa subversiva...

— Veja, Mol — atalhou o homem —, eu não dou a mínima para a causa de suas *go-go girls* mascaradas. Mas o fato é que elas têm uma causa. E das boas.

A mulher suspirou com enfado.

— Ao planejarem o seu êxodo interplanetário, você e suas amigas do Conselho esqueceram de um detalhe fundamental. Todo ser vivo tem o direito e o dever de tentar continuar vivo. E esta regra não vai mudar nem em treze mil, nem em quinze milhões, nem em vinte bilhões de anos!

— O que quer dizer com isso?

— Quero dizer que, já que não têm nada a perder, elas irão às últimas conseqüências para alcançar os seus objetivos. Quero dizer que, a depender da flexibilidade do Conselho e do fanatismo de nossas seqüestradoras, nós dois estamos perdidos!

Houve um longo silêncio, momento em que ambos se encolheram em seus cantos, concentrados em seus próprios pensamentos.

— Mol — disse o homem por fim. — Pode ficar tranqüila. Não vou ser tão insensível a ponto de perguntar o que são os escravos lobotomizados de Éden 4.

— Que bom — disse ela, aliviada.

— Deixarei para fazer esta pergunta à rebelde que nos visitar na próxima oportunidade.

— O que são os escravos lobotomizados de Éden 4? — perguntou o homem, tão logo a rebelde irrompeu cela adentro.

Ela sorriu com desprezo e disse:

— Alguém terá que fazer o trabalho pesado em Beta do Centauro. E não serão essas vacas estatizadas de nível superior que vão botar a mão na lama.

O homem indignou-se:

— Então o Conselho pretende levar Excluídas lobotomizadas para trabalho escravo nas colônias? Revoltante!

— Não, idiota! — respondeu a rebelde. — Como diz o nome, Excluídas são *excluídas*. Não fazemos parte do programa. Quem fará o trabalho pesado em Beta Centauri serão clones masculinos, lobotomizados, gerados a partir de células do seu corpo.

— O-o quê?

— Por que levariam escravas da Terra, quando podem levar apenas você e seus bilhões de células sadias?

— Ora vamos! — disse o homem, incrédulo. — Se precisassem de escravos, bastaria cloná-los. Até onde sei, os machos clonados são estéreis, mas nem por isso...

— Engano seu — atalhou a rebelde. — Dado o obscurantismo das precursoras da Bioengenharia de Estado, criadoras de todas as matrizes genéticas de que dispomos hoje em dia, os machos clonados não apenas são estéreis como também são fracos e tremendamente suscetíveis a certos vírus, muitos deles endêmicos em Éden 4.

O homem voltou-se para a mulher, mas esta baixou o rosto, desconcertada.

— Isto é verdade, Mol? — perguntou ele.

— Sobre as matrizes masculinas terem sido alteradas? — balbuciou ela. — Infelizmente, sim. Foi um mau passo. Um erro terrível, cometido há muito, muito tempo. É irreversível. Quanto ao outro assunto, nada posso dizer. Isso é da alçada do Alto Conselho de Bioengenharia. Minha participação neste projeto apenas diz respeito à coordenação e direção da Divisão de Paleontologia.

A rebelde pressentiu a iminência da crise e deixou a cela discretamente.

O homem socou a parede um par de vezes antes de constatar, furioso:

— Quer dizer que aquela história de genes defeituosos e entropia genética era mentira?

— Tudo o que eu lhe disse é verdade — respondeu a mulher, apavorada. — Sem você, não haveria como romper o círculo vicioso em que nos metemos.

— Depois então, resolvido o probleminha, iriam me usar como navio-negreiro portátil, não é mesmo?

— Como já disse, não tenho acesso a essa informação.

— E isso é tudo o que tem a me dizer?

— Sim. Já lhe disse tudo o que sabia.

— Eu não acredito em você — rosnou o homem.

A mulher sorriu desalentada e disse:

— A essa altura dos acontecimentos, esse é o menor de nossos problemas.

Na manhã do oitavo dia de cativeiro, o homem e a mulher despertaram com o estrondo de explosões, tiros de fuzis automáticos e rajadas de armas de plasma.

— Tropas de assalto! — disse a mulher. — Estamos salvos!

O homem não pôde evitar a sensação de *déjà-vu*.

— Vocês passam o tempo inteiro arrombando o quartel-general umas das outras ou isso é só porque eu estou aqui?

Neste momento, a porta se abriu com violência e uma rebelde entrou na cela:

— Venham comigo! — ordenou, apontando a arma para os dois.

— Sabe, Mol — disse o homem com uma expressão de fastio enquanto se punha de pé. — Já estou farto de ser levado daqui para ali como se fosse um animal de zoológico...

E, inesperadamente, num gesto de absoluto desespero, o Comandante Dardo Basadra — cavalheiro de sangue fidalgo, incapaz de bater numa mulher nem mesmo com um buquê de orquídeas — desviou o cano da arma com as costas da mão direita e golpeou a rebelde com um violento direto de esquerda que a levou inapelavelmente à lona.

— Para onde estamos indo? — gritou a mulher enquanto escapavam corredor afora.

— Você, eu não sei — disse ele, tentando entender o funcionamento da arma que roubara. — Mas eu vou fugir daqui!

Não pôde ir muito longe. Ao dobrar a primeira esquina, deparou-se com o grosso das tropas de assalto correndo em sua direção.

Mol respirou aliviada e acenou:

— Aqui! Estamos aqui!

Por pouco não foi a última coisa que fez na vida.

— Mas por que atiraram em mim? — gritou ela enquanto fugiam na direção oposta. — Sou uma Selecionada, membro do Conselho!

— Creio que a pergunta cresceria em interesse se questionássemos por que atiraram em mim! — disse ele, ofegante.

O homem e a mulher chegaram ao fim do corredor e toparam com uma imensa eclusa de metal, hermeticamente selada.

— Afaste-se! — disse ele, apontando a arma para o obstáculo.

Ouvia-se ao fundo a aproximação das tropas. Mas o tiro milagroso não saía.

— Como se usa essa droga? — gritou ele, ansioso.

— A trava... — disse a mulher.

— Que trava?

— A trava, ora!

— Que trava, droga!

— Essa trava...

Zooonnnkkk!

E a porta desapareceu num piscar de olhos.

No interior do hangar, em meio a toneladas de ferragens retorcidas, o único helicóptero sem hélices que sobrevivera incólume ao ataque preparava-se para a decolagem.

— Mais um gesto e eu lhe derreto os miolos! — gritou o homem, apontando a arma em direção à cabina do aparelho.

A rebelde estava sem máscara, mas ainda assim ele a reconheceu como aquela que o molestara sexualmente, dias antes. "Nunca me esqueço de um par de mamilos", pensou. "Belos mamilos, diga-se de passagem."

— Abra a porta!

A rebelde obedeceu e disse:

— Se querem vir, subam logo. Esta estação vai pelos ares em menos de um minuto!

O homem e a mulher embarcaram no exato momento em que as tropas de assalto chegaram ao hangar. Seguiu-se o ruído de balas pipocando contra a blindagem do aparelho.

— Põe logo esta porcaria no ar! — gritou o homem, empurrando o cano da arma contra o pescoço da rebelde.

— Não duvide — disse ela. — Isso é tudo o que mais desejo!

Neste momento, o aparelho ergueu-se num salto, arrebentou o domo de alumínio que ainda cobria o hangar, e ganhou os céus permanentemente nublados do Vale do Mediterrâneo.

O aparelho voava baixo mas em altíssima velocidade, arrancando antenas dos edifícios.

— Para onde deseja ir? — perguntou a rebelde com ironia. — Se é que deseja ir a alguma parte...

— Há algum lugar neste mundo onde não haja mulheres histéricas atirando umas nas outras ou molestando pobres astronautas extraviados no espaço-tempo?

— Nada parecido com isso — respondeu a rebelde. E levou as mãos aos fones de ouvido.

— Ei, cuidado com esses movimentos bruscos! — advertiu o homem, voltando a pressionar a arma contra o pescoço da rebelde. — Não se esqueça que esta coisa tem um gatilho sensível!

— Cale-se! — disse ela. — Recebo notícias do seu interesse.

— E o que dizem? — perguntou Mol, ansiosa.

— No que lhe diz respeito, bem-vinda ao clube, meu bem!

— Como assim?

— Você é suspeita de colaboração conosco. Acaba de receber uma tarjeta negra.

A mulher empalideceu.

— O que indica uma tarjeta negra? — perguntou o homem, intrigado.

— Indica que a sua amiga está fadada a viver até os seus últimos dias neste maldito planeta. Para ela, não há prazo e nem esperança. Nem que viva cento e cinqüenta anos.

— Isso explica por que atiraram nela. Mas por que diabos atiraram em mim também?

— Era isso o que eu estava tentando ouvir quando você começou a zurrar ao meu lado — disse a rebelde. — Pelo que entendi, encontraram um homem congelado nas encostas do Everest. Parece que está em excelente estado de conservação.

— E daí?

— Daí que não precisam mais de você.

— Vocês podem ressuscitar gente morta?

— Não — respondeu Mol, completamente perturbada com a notícia de sua exclusão da lista de embarque.

— Então, de que lhes serve o achado?

— Você ainda acredita nesta história ridícula de entropia genética? — intrometeu-se a rebelde. — Francamente! O negócio delas é escravidão de laboratório; e ponto final. É claro que um homem vivo é muito melhor do que dez mortos. Mas com as poucas células aproveitáveis desse homem do gelo elas podem levar adiante o projeto. Você passou a ser dispensável. Mais que isso: passou a ser uma ameaça.

— E por quê?

— Porque pode cair em nossas mãos, exatamente como está acontecendo agora.

O homem sorriu e disse:

— Enquanto eu tiver este canhão apontado para a sua cabeça, doçura, você é quem estará em minhas mãos.

A rebelde voltou-se calmamente:

— Se você disparar esta arma aqui dentro, romperá a blindagem da nave e todos nós morreremos na explosão.

— Estou disposto a pagar para ver.

Neste momento, o homem ouviu o ruído de uma pistola sendo engatilhada às suas costas e a voz:

— Se você não abaixar a arma agora mesmo, vou matá-lo sem piedade.

— Mol? Você enlouqueceu? — disse ele, atônito.

— Vou contar até três.

— Mas...

— Um!

— ...ela é uma rebelde!

— Agora também sou. Recebi tarjeta negra. É inapelável.

O homem se voltou lentamente e se surpreendeu ao constatar que a paleontóloga havia assumido a causa rebelde de peito aberto. Literalmente. De fato, possuía seios portentosos, de mamilos largos como ovos fritos, ligeiramente engelhados.

— Deve haver um modo de você provar...

— Dois!

— Espere aí...

— Última chance, bonitão...

— Bom trabalho, soldado — disse a rebelde enquanto arrebatava a arma das mãos do homem. — Mas agora pode guardar esse brinquedo. Eu me encarrego da criatura.

— Ué! — reclamou ele. — Você não disse que, se eu disparasse esta coisa aqui dentro, nós...

— Menti — atalhou a rebelde. — Em verdade, essas armas podem ser reguladas.

— Merda!

— Usando esta alavanca para dosar a energia do disparo — prosseguiu a rebelde num tom muito didático —, você tanto pode derreter um tanque de guerra quanto paralisar um ser humano durante algumas horas. Assim!

Zooonnnkkk!

"Pronto!", pensou o homem ao ser atingido pela descarga de plasma. "Lá vou eu outra vez." E tombou desacordado sobre o assoalho da cabina.

II

— Comandante Basadra? Comandante Dardo Basadra?

Com alguma dificuldade, o homem conseguiu focar a visão. E o que viu deixou-o completamente confuso, embora profundamente aliviado.

— Tive um pesadelo terrível... — balbuciou ele para o velho que se reclinava à beira do leito. — Sonhei que estava no futuro, num mundo dominado pelas mulheres.

O velho sorriu.

— Compreendo as suas apreensões. Agora, porém, tente repousar.

O homem correu os olhos ao redor e viu-se no interior de um domo transparente, sobre o qual brilhava um céu coalhado de estrelas.

— Onde estou?

— Na boa e velha Terra.

— Sinto-me como se houvesse dormido durante séculos...

— E foi exatamente o que aconteceu — acrescentou o velho. — Mas esteja em paz. Nada de mau lhe irá acontecer agora.

— Em que ano estamos?

— Em 20235 d.C.

O homem suspirou profundamente e disse:

— Eu deveria ter imaginado. Mas, diga-me, por quê...

— Amanhã, pela manhã, lhe direi tudo o que deseja saber. Agora, acalme-se.

E com um único gesto induziu-o novamente a um sono profundo.

O homem despertou cedo pela manhã, sentindo-se melhor do que nunca. Num rompante, jogou para o lado os lençóis e sentou-se na cama.

Estava só, no interior do domo transparente onde despertara na noite anterior, cercado por uma paisagem desoladora e sob um céu de um azul rarefeito através do qual, embora fosse dia claro, podiam-se ver algumas estrelas.

O sol, entretanto, era o velho sol de sempre, e os matacões de minério oxidado que se espalhavam pela planície lá fora pareciam tão familiares que ele pensou em sair e abraçá-los como velhos amigos de infância.

— Você não pode sair, a não ser que use aquele traje.

O homem voltou-se e deu com o velho que o atendera na noite anterior.

— Bom dia!

— Bom dia! — respondeu o homem. — Mas de onde você saiu?

O velho sorriu, mas não respondeu à pergunta.

— Excelente equipamento! — disse o homem enquanto vestia o traje.

— Tratamos de fazê-lo o mais confortável possível.

— Francamente, é como se fosse uma segunda pele. Diga-me, donde vem o ar que respiro aqui dentro?

— Você realmente quer falar sobre isso ou prefere dar uma olhada nos arredores e fazer perguntas mais relevantes?

O homem não sentiu qualquer diferença ao sair do domo e pisar o solo de seu próprio planeta pela primeira vez em tantos milênios. Fora do traje, porém, a temperatura atingia cinqüenta graus negativos.

— O que houve por aqui?

— O que era esperado já há muito. A Terra está morta.

De fato, a paisagem era de uma crueza marciana.

— Diga-me, velho, se é que você sabe: o que aconteceu comigo depois que fui posto a nocaute por uma arma de plasma, no interior de um helicóptero sem hélices, fugindo de tropas feministas que queriam me transformar em um navio negreiro portátil?

— É uma longa história.

— Temos algum tempo, suponho?

O velho assentiu com um gesto e disse:

— Depois que caiu em mãos rebeldes, você nunca mais foi despertado. Em realidade, virou arquivo morto e acabou esquecido num casulo de titânio em um depósito desativado.

Fez uma pausa e prosseguiu:

— Você era o maior trunfo que as rebeldes tinham para negociar a revisão dos passes com as Eleitas. Contudo, a inesperada descoberta do alpinista congelado no Everest frustrou a barganha. Desesperadas, as rebeldes apelaram para ações cada vez mais agressivas, que acabaram redundando em uma sangrenta guerra civil. Dez anos depois, desgraçadamente, um atentado a bomba pôs abaixo as Torres de Clarke. Com elas, ruiu também o sonho das colônias de Beta do Centauro. Os embarques foram encerrados para sempre. Aquelas que já estavam em Éden 4 perderam contato e pereceram por falta de apoio da Terra.

— E as que ficaram?

— Todas as Eleitas, sem exceção, foram mortas pelas Excluídas, que assumiram o poder de um planeta agonizante.

— Afinal, aquela história de escravos lobotomizados era verdadeira?

— É provável que sim. De qualquer modo, as experiências com as células do alpinista foram um fracasso. Ao que parece, o espécime sofria de uma doença hereditária incurável. Felizmente, as rebeldes nunca ficaram sabendo disso.

— Felizmente?

— Se soubessem, a história poderia ter sido muito pior.

O velho suspirou profundamente e disse:

— Demorou algum tempo até as rebeldes perceberem que as Eleitas não estavam mentindo quanto à degeneração da espécie devido às clonagens sucessivas. Àquela altura, porém, já haviam atingido a mais alta taxa de mortalidade infantil de que se teve notícia neste planeta. Novamente a espécie humana esteve por um triz.

— E como se safou dessa vez?

— Era consenso, então, que a única alternativa seria a volta ao heterossexualismo. Daí que, numa iniciativa desesperada, as mulheres remanescentes começaram a tentar clonar seres humanos do gênero masculino que fossem férteis, mais fortes e mais resistentes às enfermidades, o que mal e mal acabaram conseguindo ao fim de algum tempo.

— E por que isso não deu certo?

— Porque, por algum lapso, alguma falha na seqüência, esses admiráveis novos homens só eram capazes de gerar filhos varões. Como é de se imaginar, algumas gerações depois as mulheres acabaram se extinguindo por completo.

— Deixe ver se adivinho: na falta de mulheres, os homens se extinguiram também.

— Não. A essa altura, a ciência já havia descoberto meios para que os homens pudessem clonar a si mesmos, sem óvulos e nem úteros femininos.

— Como?

— Primeiro, tomando emprestados óvulos e úteros de grandes mamíferos. Mas foi um breve período. Logo já estavam usando óvulos e úteros artificiais, criados em laboratório.

— A Terra foi povoada somente por homens?

— Durante milhares de anos.

— Por sorte eu estava dormindo...

O velho sorriu com tristeza.

— Realmente, não perdeu nada. Não há muito o que dizer desses milênios, a não ser que terminamos de destruir o planeta e que nossos genes se enfraqueceram ainda mais rapidamente que os de nossas antecessoras.

— Sim, mas e quanto a mim? Quer que eu acredite que fiquei mais de cinco mil anos congelado sem que ninguém fosse lá de vez em quando para verificar o equipamento?

— Exato, pois o casulo no qual você foi encerrado era capaz de mantê-lo em estado de animação suspensa, sem monitoração, durante muitos milhares de anos. Antes disso, porém, você foi encontrado e transferido para melhores instalações. Na ocasião, o achado foi considerado "a maior descoberta arqueológica de todos os tempos".

— E por que não me despertaram?

— Você era muito precioso para vir ao mundo numa situação instável como aquela. Usando uma expressão muito antiga, nós o guardamos como uma "carta na manga".

— Devo supor, então, que chegou a hora de usar essa carta.

— Exato.

— Para quê?

— Para pôr um fim nesse pesadelo interminável.

— E como eu poderia? — disse o homem. — Olhe em torno: não há árvores, não há rios, não há mares, não há atmosfera, e, principalmente, não há mais seres humanos! Lamento, mas acho que desta vez não nos resta muito o que fazer.

— Você se incomodaria em me acompanhar numa longa viagem?

— Quão longa?

— Trezentos e vinte e cinco anos-luz.

O homem hesitou e disse:

— Em quanto tempo?

— Num mero piscar de olhos.

— Como?

— Assim!

Zooonnnkkk!

— Você já pode tirar o traje — disse o velho.

— Chegamos? — perguntou o homem.

— Não notou a diferença?

De fato, a paisagem se transformara completamente. Estavam numa praia de areias rosadas, lambida pelas ondas de um mar de águas cristalinas. Ao longe, vislumbrava-se o perfil de uma floresta. O homem seria capaz de jurar que voltara à Terra do plistoceno tardio, não fosse o imenso sol azulado que brilhava bem a prumo, ocupando quase metade da abóbada celeste.

— Onde estamos? — perguntou o homem.

— Naquele planeta que, outrora, chamavam de Éden 4.

— E por que o chamavam assim?

— Porque foi a quarta tentativa de colonização extraterrestre. As três primeiras falharam. Este, pensavam as Eleitas, seria o seu Paraíso Reencontrado.

À medida que se internava na mata, o homem dava-se conta de que o planeta possuía uma fauna exuberante. Havia insetos a zumbir por entre as flores, lagartos assustados a se esconder por entre as pedras e aves barulhentas a cruzar os céus em bandos numerosos.

— Eis a sua nova morada — disse o velho, a certa altura.

O homem voltou-se para perguntar qualquer coisa mas o velho havia desaparecido. Apenas a sua voz se fazia ouvir acima da copa das árvores:

— Eis também a sua companheira.

Inesperadamente, em meio à vegetação, surgiu uma bela mulher, inteiramente nua.

— Maria? — murmurou ele, mal contendo as lágrimas.

E voltando-se para o céu:

— Mas isso é impossível! Minha mulher morreu

num desastre de automóvel há mais de dezoito mil anos!

— Assim o foi, e isso não pudemos evitar. Esta mulher é um clone de sua falecida esposa.

O homem se aproximou lentamente. A mulher sorriu.

— Como fizeram isso?

— Lembra-se da jóia que você trazia ao redor do pescoço quando se espatifou com a sua nave em pleno século CLI? Quando você ainda estava congelado, descobrimos que o cabelo ali guardado pertencera a uma mulher. Descobrimos também que, por sorte, o cabelo não era de sua mãe e, tampouco, de nenhuma de suas parentes mais próximas.

— Compreendo — murmurou o homem.

— O segredo de como clonar seres vivos a partir de simples fios de cabelo estava perdido havia muito. Mas a descoberta deu início a uma heróica corrida científica.

E acrescentou:

— Aí está o resultado.

O homem ainda não acreditava no que estava vendo.

— Mas se ela é um clone — perguntou afinal —, não corremos o risco de cair no mesmo círculo vicioso que dizimou a espécie humana?

— Não — disse a voz. — Ela é um clone de primeira geração, e não resultado de clonagens sucessivas. Quanto a isso, não há o que temer.

O homem acariciou suavemente o rosto da mulher. Ela retribuiu o gesto.

— De todas as árvores do Jardim comerás livremente — disse a voz, subitamente autoritária.

O homem sentiu um calafrio percorrer-lhe a espinha mas ainda assim teve a ousadia de completar:

— "Mas da árvore da ciência do bem e do mal não comerás, porque no dia em que dela comeres..."

Ouviu-se um trovão ao fundo. A mulher empalideceu e o homem encolheu-se instintivamente, à espera do castigo. Que nunca veio.

O casal ficou em silêncio durante um longo tempo, esperando a conclusão da frase, sem saber que a voz não voltaria a se manifestar durante muitos milhões de anos.

Esperaram durante o resto da tarde e não foi senão ao cair da noite que ambos baixaram os olhos, deram-se as mãos e desapareceram em meio à mata de seu paraíso reencontrado.

Este livro foi composto na tipologia Zapf
Calligraphia em corpo 12/16 e impresso em papel
Chamois Fine 80 g/m² no Sistema Cameron
da Divisão Gráfica da Distribuidora Record.